# アラベスク後宮の和国姫２

忍丸

富士見Ｌ文庫

# もくじ

# 序章

私がまだ奴隷ではなく、藤姫（ふじひめ）と呼ばれ、愛する家族と過ごし、守るべき民の側にいて、近い将来、家のために他家に嫁ぐと信じてやまなかった頃——

両親は私に様々な知識を与え、考え方を学ばせてくれた。

すべては、器量なしと言われていた私が嫁ぎ先で苦労しないための英才教育。

その根源は——親としての惜しみない愛情だ。

ある日のこと。武芸の稽古に励んでいた私に、父がこんな話題を振ってきた。

「尾田（おだ）のうつけが将軍と決別したらしい」

天高く馬肥ゆる秋。縁側に面した庭で体を動かしていた私は、ふいに投げかけられた話題に首を傾（かし）げた。

「……なぜです？　尾田の当主こそ、かの人物を将軍職にと推していた筆頭でしょう」

「傀儡（かいらい）にしようとしたものの、手綱を取り損ねたのだろう。愚かな話だ」

「……傀儡……」

将軍の後ろ盾という影響力を手にして、好き勝手にやりたい尾田と、自身も政治的な手腕を振るいたいと考えた現将軍。ふたりの道が分かたれたのは必然だったのだろう。

それにしても——……。

「誰かを傀儡にしようとするなんて。恐ろしい考えですね」

「ああ。自分がその立場になったらと思うと寒気がするな」

なにも決定権を与えられていないのに、否(いや)が応(おう)でも表舞台に立たされる。そこに本人の意志は関係ない。あるのは誰かの思惑だけだ。

傀儡。それは、尊厳を踏みにじられた、誰よりも憐(あわ)れな存在——

誰にも尊重されなかった為政者の末路。

「まあ、私自身がそういう立場に追いやられはしないと思いますが」

私は女だ。直接的に政に関わるわけではない。自分の役目は、あくまで夫の補佐だ。心配すべきは、仕えるべき夫が傀儡にされる可能性くらいだろうけれど……。

「え？　そんなことはないと思うわよ？」

ふいに話に割り込んできたのは、私の母だ。

たまたま通りがかったらしい母は、目線だけで側付(そばづ)きを下がらせると優雅に笑んだ。

「もしかして油断している？　あなたは武家の妻になるの。嫁ぎ先では、おおぜいの女たちを率いる立場になるわ。婚家での生活に不慣れな嫁を、上手く使ってやろうと考える輩は必ず出てくる。自分に都合のいいように利用される……それって傀儡と同じよね？」

「……！」

「嫁として婚家を統率できるようにならなければ。いつか、足を掬われるわよ」

母の言葉に、身が引き締まるような気分だった。

女には女だけの戦がある。その事実をうっかり失念していたからだ。

「お母上、私はどうすればいいと思いますか」

真剣な口調で訊ねた私に、母は「興味があるのね」と、楽しげに目を細めた。

「お茶をしながら話しましょう。久しぶりね！　あなたってば、旦那様とばかり鍛錬しているんだもの。手のひらが肉刺だらけになって、未来の夫に呆れられても知りませんよ」

女だてらに体を鍛えるのを好む私を、母はじとりと睨んでいる。

うっ。普通じゃない自覚はあったけれど！　さすがにちょっと恥ずかしい。

「わ、私の理想には、武芸も必要なんです。巴御前のようになりたくて……」

「巴御前？　敗戦の将の愛妾よね。憧れるような相手だったかしら？」

「確かにそうなんですけど！　でも、私は――」

心のまま理想を告げると、両親はどこか楽しげにうなずき合った。

「そういう妻の在り方もいいかもしれないな」

「なら、理想を叶(かな)えるためにも学ばなくちゃね。傀儡なんてもってのほかだわ。誰にも媚(こ)びへつらわず、民を率いるのにふさわしい人間にならなくちゃ。侮られず、尊重せざるを得ないような……。そうよね、旦那様？」

「もちろんだ！　藤姫、常に背を伸ばせよ。うつむくな。顎を引け。凛(りん)として前を見ろ。心が導くままに思い切りやるんだ。結果が伴えば自然と人はついてくる――」

あの日、両親から向けられた優しい眼差(まなざ)しは、いまも覚えている。

「これまで、我らが持てるすべてを授けてきた。お前なら、理想を叶えられるさ」

「はいっ！」

両親の教えは、いまも私の中に息づいていた。

たとえそこが、望まぬままに連れ去られてきた場所であったとしても。

人の上に立つ以上は、誰からも尊重される人間になろう。

そして、いつかはなりたい自分になる。それが私の生き方だ。

# 一章　和の国の姫君、行動を開始する

石畳を踏みしめる硬い音が暗闇に沈む廊下に響いている。

「ライラー。足もとに気をつけろよ」

投光器（ランプ）が、周囲に淡い光を放っていた。

アスィールが差し出した手を取ると、満足そうに翡翠（ひすい）の瞳をゆるりと細める。

焦げた肌は闇の中に溶けそうな色をしていた。とはいえ、鍛え上げられた肉体を持つ彼の存在感は太陽に愛されたかのようで、昏（くら）くてもくっきり際立って見える。

世界は夜色に深く沈んでいた。ハレムの最奥に位置する石造りの廊下に人気（ひとけ）はない。

ときおり、潮の匂いを含んだ風が頬を撫（な）でていった。一歩進むたびに、ランプに照らされた幾何学模様（アラベスク）が姿を現す。ダリル帝国の国教である一神教では、偶像崇拝が禁止されていた。その代わりに、人々は草花などのモチーフに神への願いを込めたのだ。

闇に覆われて色をなくした世界で、ランプに照らされたアラベスクだけが色鮮やかだった。アスィールの手から伝わる柔らかな体温。空気越しに感じる彼の気配。耳が痛くなるほどの静寂。闇の中から浮かび上がる聖なる祈りの文様。

果てのない世界を、ふたりだけで進んでいるような気分になる。

「行き先は鳥籠（カフェス）でしたっけ」

「ああ。長々と説明するより、直接見てもらった方が手っ取り早い」

奴隷になってから、すでに三月ほどが経（た）っている。閨（ねや）に侍（はべ）るためという名目のもと、アスィールに呼び出された私は、彼と共に皇帝（スルタン）用の寝室を抜け出していた。

彼が子を作りたがらない理由を教えてもらうためだ。

ダリル帝国現皇帝アスィールは、寵姫（ちょうき）である私を抱こうとしない。

というより、いままで誰とも契りを結ぼうとしなかった。

幾千万の民を擁する国の王である。本来ならば、誰よりも率先して子作りに励むべきであるのに、彼は母后（ヴァリデ・スルタン）が選別した美女たちに一度も手をつけていなかった。

「どんな事情があるかは知りませんが、私に教えてもいいんですか？」

「なんだ、藪（やぶ）から棒（ぼう）に。お前は俺の腹心だろう？」

クツクツとアスィールが楽しげに笑う。

歩く速さを緩めた彼は、隣に並んでじっと私を見下ろした。

「共に国を盛り立てていくんだ。できれば隠し事はしたくない」

「……そうですか」

いつの間にか、私は彼の信頼を勝ち取っていたらしい。

その事実に気がつくと、なんだか胸の奥が温かくなった。

――奴隷である私が、皇帝であるアスィールの腹心だなんて……。

極めて奇妙な話ではあるが、これはまぎれもない事実だ。

私はこの国の人間ではない。遠く離れた極東の地、和の国からやってきた人間だ。

武家の娘として生まれた私は、為政者の妻となるべく日々を過ごしてきた。

しかし、故郷が敵対していた他家に襲撃され滅びてしまう。命からがら逃げ延びたものの、ダリル帝国からやってきた奴隷商に捕まってしまった。

――まあ、実際は奴隷商に扮した母后の側近だったんだけど。

皇帝を支えるのにふさわしい品格を持つ、貴種の血を引く奴隷が必要だったらしい。

母后は私の素養を確認するなり、アスィールの閨に侍らせると決めた。

そして、初めて彼の寝室で対面した時、アスィールは私に腹心になれと言ったのだ。

二度顔を合わせただけの一介の奴隷にである。思い切りがよすぎると呆れた。なにかしら感じるところがあったのかもしれないが、それにしたって無謀だ。私が彼の命を狙った刺客だったらどうするつもりだったのだろう。……まあ、初夜なのに、酔いに任せて相撲を取ろうと言い出す人間が、刺客であるはずがないのだが。

——本当にアレは誤算だったわ……。

意図しない成り上がりのきっかけになった行為を思い出してしまって、羞恥がこみ上げてくる。ふるふるとかぶりを振って、恥ずかしい過去から目を逸らした。

「光栄です。アスィール様」

「そう畏まるんじゃない。これからもいろいろと協力してもらうつもりだしな」

「私は奴隷です。主に礼を尽くすのは当然でしょうに。あ、ご褒美は年季明けの嫁ぎ先を融通してくださるだけでいいですよ。期待しております」

にこりと笑みを向ければ、アスィールはどこか悪戯っぽく笑った。

「……ん？　そうだったか？　ずっと側にいてくれるんだろう？」

なんともすっとぼけた様子に、ぴくりと口の端が引きつる。

——さすがに妄想がすぎるんじゃないかしら。

慇懃無礼な笑みを浮かべ、わざと棘のある言い方をしてやった。

「私は故郷に帰るんです。そんな約束はした記憶がありませんね。もしかして、俺に惚れろとおっしゃっていた件でしょうか。そもそも、自分より弱い殿方はちょっと……」

「ぐっ……！　確かにスモウは全戦全敗だが」

「でしょう。事実から目を逸らさないでいただけますか」

「そうは言われてもな。こちとらスモウは素人なんだ。少しくらい手加減したらどうだ」

「お断りします。自分より大きな殿方が無様に転がる姿を眺めるのが好きなので」

「性癖が歪んでやしないか。いいのかお前はそれで」

「あら。人は、一度覚えた愉悦の味をなかなか忘れられないものなんですよ？」

「悪趣味だ！」

「お褒めいただいて光栄です」

ニコニコ笑いながら、指が食い込むくらいアスィールの手を強く握る。

勝手なことばっかり言ってんじゃないぞと、威圧しながら盛大に煽った。

「――まあ。一度くらいは敗者の屈辱を体験してみたいものですけど！」

「お前って奴は……!!　次こそはぜったいに俺が勝つ！」

怒りの炎を燃やしたアスィールが、お返しとばかりに握った手に力をこめた。

骨がミシミシと悲鳴を上げていたが、構わず意地を張り続けていると、ふいに通路を塞いだ鉄格子の前に、武装した宦官が立っているのが見えた。目的地に着いたようだ。

「ジュードの顔を見に来た。通せ」

「仰せのままに」

頑丈そうな鉄の錠前が外される。甲高い音を立てて鉄格子が開いた。

悠々と足を進めるアスィールについていきながら、内心は少し不安に思っている。

――ここに次代の皇帝が？

かつてダリル帝国では、皇帝が崩御した際に、長子以外の男児を皆殺しにするという悪習があった。子だくさんの皇帝が死去した際は阿鼻叫喚だったらしい。

身も凍るような恐ろしい伝統はすでに廃止されているものの、帝国の人々は実に新しくて残酷な方法で皇子たちを管理すると決めた。それが鳥籠だ。

現皇帝が死ぬまで皇子を幽閉する。在位期間がどれだけ長かろうとも例外はない。過去には、五十五年もの間、鳥籠で過ごした皇子もいたそうだ。スルタンになれず、死ぬまで幽閉されたままの皇子がいたことは想像に難くない。

「恐ろしいほど豪奢なのに、とんでもなく息が詰まりそうな場所ですね」

窓がない。通気口があったとしても、頑丈そうな鉄格子で塞がれている。壮麗なアラベスクを施された壁は、他の場所よりも堅牢だ。武装した宦官があちこち配置されていて、ハレム内で最も厳重に守られていると言っても過言ではないだろう。

「……ここはまだマシな方だ」

「もっとひどい場所があるんですか？」

「外壁とハレムの間に拓殖の間（シムシルリキ・ダイレスティ）という、幽閉用の建物がある。皇位継承順位が低い皇子のために用意された場所で、天井は低く、いつも薄暗い。華美な装飾は一切なくて、黴（かび）の臭（にお）いがする。皇子の世話をするのは、鼓膜に穴を空けて、舌を抜いた宦官で——」

アスィールの表情が曇る。血の気が引いているようにも見えた。

「……アスィール様？」

「い、いや、なんでもない」

気を取り直したように笑顔になると、アスィールはまっすぐ前を向いて続けた。

「ここは王位継承者の間（ヴェリーアフド・ダイレスティ）だ。この先にジュードがいる」

本来なら、退位した皇帝や現皇帝の子が幽閉される部屋であるらしい。

警備をしていた宦官に声をかけると、鍵を開けてくれた。

「……！」

扉の奥に見えた光景に息を呑（の）む。

天井近くまで堆（うずたか）く本が積み重なっていた。奥に天蓋付きの寝台が見えるが、足の踏み場がないほどに本の山がひしめき合っている。部屋の中心に、脚の短い卓が置いてあった。

十にも満たないような幼い少年が、ランプの明かりを頼りに書を読（よ）み耽（ふけ）っている。

「陛下！」

アスィールの来訪に気がつくと、少年はパッと表情を明るくして駆け寄ってきた。

「いらしてくださったのですね」

「ジュード、調子はどうだ」

「はい。問題ありません」

「もうずいぶんと遅い時間なのに、まだ本を読んでいたのか」

「申し訳ありません。つい夢中になってしまって……」

少年らしいふっくらした頬が、羞恥で淡く染まる。

焦げ茶色の髪に青緑色の瞳を持った少年は、雰囲気がアスィールにそっくりだった。

彼こそが先帝イブラヒムの遺児だ。アスィールからすれば甥に当たる。

ジュードは非常に優秀らしい。十にも満たないというのに、すでに五ヵ国語を自在に操り、周辺各国の地理や歴史に明るいそうだ。書が好きで、放っておくといくらでも読書を続けるという。性格は勤勉で素直。幽閉されているとは思えないほどに明るい。

優秀な少年だ。

しかし、アスィールはジュードについて「それだけではない」と事前に語っていた。

「あの。陛下、そちらの方は……？」

少年の瞳が私を捉える。挨拶もしていなかったと、慌てて膝を折った。

「お初にお目にかかります。ライラーと申します」

「陛下がここに女性を？」

少年の視線が私とアスィールの間を行き来する。

「ああ！　もしかして」パチンと手を打ったジュードは、ほわりと柔らかく笑んだ。

「あなたは夫人でしょう。御子を授かったのですね？　おめでとうございます！」

アスィールに視線を遣ると、少年は特に調子を変えずに問いかけた。

「陛下。僕はもう少しでお役御免になるのですね？　処刑はいつにしますか。御子が生まれてからの方が後顧の憂いがなくなるのでは？　常識的に考えれば、陛下の御子がそれなりに大きくなるまで、僕を生かしておくことをお勧めしますが……」

フフッと小さく笑んだジュードは、まるで天気の話でもするように続けた。

「我が子の地位を脅かしかねない存在は目障りでしょう。僕の命はお好きなように」

「……！」

息を呑む。

――この子、いまなんて言ったの？

思わず立ち尽くしていると、いきなりアスィールが少年を抱きすくめた。

「安心しろ。ライラーは夫人ではない」

「え？　でも……」

「優秀な後継を彼女に紹介したくて連れてきただけだ。俺は――」

どこか泣きそうな声で、アスィールは続けた。

「お前を殺したりなどしない。処刑なんてあり得ない。だからいままでどおり励め」

ジュードの唇が微かに震える。じわりと瞳をにじませた少年は、小さな手をそろそろとアスィールの背に回すと、か細い声で「はい」と応えたのだった。

＊

「俺はジュードを次の皇帝にしたい。だから子を作るつもりがないんだ」

鳥籠から寝室に戻ったアスィールは、寝台に腰かけて私にそう語った。

「アスィール様、アレはいったいなんなんです？」

我慢できずに問いかける。脳裏には先ほどの少年の姿が思い浮かんでいた。

年相応に幼く見えるのに、自らの命を「お好きなように」と語る姿は異常だった。子どもにしては達観しているし、あまりにも自己犠牲精神がすぎていて気味が悪い。

「ジュードは……兄上の罪を己の罪だと考えているようだ」

「あなたの兄は、帝国史上で初めて弑逆された皇帝でしたよね」

「ああ。兄上は民を虐げ、イェニチェリや有力な諸侯の反感を買い、ついには処刑されてしまった。ジュードは父親の行いを恥じている。あの子は優秀すぎるんだ。父親がなにを仕出かし、どれだけ帝国に損害をもたらしたのか客観的に理解している」

「……だから、自分の命を軽んじると言うのですか」

「皇子として生まれたからには、命すら国に捧げるべきだと考えているようだ。兄上が国を衰退させたぶん、自分を犠牲にしてでも補塡したいとも言っていた」

脳裏に、本に取り囲まれるようにして読書する少年の姿が思い浮かんだ。罪の意識から始めたのだとしても、勤勉な姿勢は評価できた。普通なら異常に思える自己犠牲精神も、為政者としての立場から考えると――賞賛に値する。

「有能ですね。このまま成長すれば、きっと素晴らしい王になるでしょう」

「だろう？　こちらが困ってしまうくらいには将来有望だ」

苦い笑みを浮かべたアスィールは、ランプの明かりに視線を遣って続けた。

「それに、あの子には三歳になる弟もいる」

「先ほどのお部屋にはいらっしゃらなかったようですが？」

「幽閉するには幼すぎるから、旧宮殿で母親と暮らしているんだ」

「つまり、後継がふたりもいれば自身の御子は不要だろうと？」

「端的に言えばそうだ。俺が子を成したとしても、ジュードほど優秀かはわからない」

――そういうことか。

ようやくアスィールの事情が理解できて、細く、長く息を吐く。

「あなたは、ジュード様へ帝位を渡すまでの繋ぎの皇帝でいるつもりなんですね」

私の言葉にアスィールは深くうなずいた。

「それが最善だと考えている」

「皇帝にあるまじきわがままだと、理解していますか」

「もちろんだ。この点については母上の方がよほど正しい」

為政者は国の未来のために血を繋がねばならない。直系の子でない場合、余計な勢力の介入を許す事態にもなりかねないし、弑逆された先帝の子となれば、風当たりも相当なものに違いない。国のためを思えばアスィールが子を成した方がよほど確実だ。

「それでも俺は、ジュードに帝位を譲るつもりだ。アレは賢い。逆境にも耐えられる強さがある。あの子が問題なく政を行えるよう、俺の在位中に状況を整えておくつもりだ」

力強い言葉だった。彼なりの勝算があるに違いない。

でも――

「それだけですか」

アスィールの横に座り、背中に手を添える。

「戻ってからずっと、震えてますよ」

「ッ！」

ハッとした様子で目を見開くと、アスィールは両手で顔を覆って深々と嘆息した。

「情けないところを見せてしまったな」

「……いいえ」

思えば、拓殖の間の話をした時から様子がおかしかった。

彼は先帝の在位中に鳥籠に入れられていたそうだ。それまで、側近として兄の治世を支えていたというのに、不興を買って閉じ込められてしまった。

期間はおよそ一年。長いようで短いその時間が、彼を変えたのだろう。

「ジュードや、自身の御子を、自分と同じ目に遭わせたくないんですね？」

そっと問いかければ、アスィールの体が強ばったのがわかった。

――やっぱりそうか。

ダリル帝国では、歴代の皇帝により鳥籠の中の皇子の殺害がたびたび行われてきた。情勢に合わせてだったり、不穏分子を潰すためだったりと理由は様々である。

アスィールを幽閉した兄王は、弑逆されるほどに振る舞いが横暴で、暴虐的だった。自分が信じる正義のためならば犠牲を厭わない性格でもあったようだ。

当時の彼はきっと、いつ自分のもとに処刑人がやってくるのかと、怯えながら暮らしていたのだろう。それが彼の心をどれだけすり減らしたか——想像に難くない。

「鳥籠なんて制度、なくしてしまったらどうです？」

「……駄目だ。俺はまだ民に皇帝として認められていないから、下手に動けない」

いまのアスィールには、伝統的に行われてきた慣習を覆すだけの力はない。

いや、やろうと思えばできなくはないのだろうが——

必ず混乱が起きるはずだ。皇帝の座を望んでいる人間など掃いて捨てるほどいる。邪な想いを抱く者に帝位簒奪のきっかけを与えるくらいなら、現状を維持した方がマシだ。

「ままならないですね」

「……こればかりは仕方がない。原因はいままでの俺の行いにあるからな」

「あら。そんなに自分を卑下しなくとも」

苦い笑みをこぼす。

「確かに、皇帝という立場のわりには優しすぎる気はしますけどね」

国の頂点に立つ人間は、他人の感情に対して鈍くあるべきだ。

兄王の遺児や、生まれるかもわからない我が子など考慮する必要はない。

だが――アスィールは無視できない。無視する気もない。その選択のせいで、茨の道を歩まざるを得ない状況になったとしても、納得ずくで進むと決心している。

――頑固な人。

仁に篤いとも言える。同時に、とても危ういと思った。

アスィールの周囲には圧倒的に人材が足りない。兄王から皇帝の座を引き継いで三年。政治の表舞台を母后に任せていた彼自身の為政者としての経験は、あってないようなものだ。冷酷になりきれない彼を支え、導く人間が必要だろう。

――おそらく、その役目を担うべきは私。

私は武家の妻となるべく育てられた人間だ。うってつけの仕事だと言える。

幼い頃から両親に英才教育を受けてきた。国は違えど、できることは多いはずだ。

――それに、アスィール様の資質は確かだわ。

人の意見に素直に耳を傾けられる度量があるにも拘わらず、自分で考えることは止めない。誇り高く、常に民を一番に考えている――

それほど長い付き合いではないが、アスィールは賢王になれる可能性をじゅうぶん備えているように思えた。年季明けまでには時間がある。ならば、彼が王として成長していく様を見守っていくのもいいんじゃないか。

「事情はわかりました。ジュード様へ穏便に皇位を渡すまでの道のりを、一緒に整えていきましょう」

ニコリと笑んだ私に、アスィールは意外そうに目を見開いた。

「いいのか？　情けないと叱られるかと……」

「え。もしかして、怒ってほしかったんですか？」

「まさか。だが、自分でも荒唐無稽だとは思っていたからな」

自信なさげに笑んだアスィールに、ドンと胸を叩いて言った。

「荒唐無稽だろうが構いませんよ。私は全力で補佐に徹するのみです」

国のため、民のためになるよう、自身を磨き、知識を蓄えてきた。そういう生き方しかできないと言われればおしまいだが、なんら後悔はしていない。普通の人間にはできない役目だ。人の上に立つ者として生まれた以上は、責任を果たしたい。

「故郷で培ったすべてをあなたのために。大船に乗ったつもりでいてください」

「ライラ……」

アスィールは、何度か目を瞬いた。ジワジワと顔が赤くなっていく。わずかに頰を緩めた彼は、私の手を優しく取った。

「わっ……」

「よろしく頼む」

満面の笑みを向けられて、なんだかくすぐったい。

大きな手だ。彼の匂いがする。香ばしくて、不思議と惹き付けられる匂いだ。肩がわずかに触れ合っていた。ほんのり感じる他人の温度が、私を落ち着かなくさせる。

――前から思ってたけど、アスィールって意外と触りたがりよね……。

ただの奴隷。しかも正式な妻でもない私を、彼はとても大切にしてくれる。

見ず知らずの異国で、彼の存在はとてもありがたかった。心を寄せてくれ、意見を尊重してくれ、なにより目的を与えてくれる。おかげで自分の境遇を嘆き悲しむ暇もない。

漠然と時を過ごすなんて性に合わなかった。いずれ故郷に帰るつもりだし、年季が明けたら速やかに帝国を去ろうとも考えているが、なにもしないなんてあり得ない。

私はここで生きている。ならばできることをしたい。なにかを成し遂げたい――

自分の力を試してみたい。

だから、アスィールのために力を尽くそうと心の中で誓った。

私を頼ってくれ、心を寄せてくれる彼に報いたい。寄り添ってあげたい。

――でも。

ここは私がいるべき場所ではなかった。立つ鳥跡を濁さず。それが理想だ。

「年季明けまでですからね」

言葉を重ねて、大きな手をポンポン叩いてやる。

――これから問題が山積みね……。

アスィールが乗り越えるべき壁はいくつもあった。きっと忙しくなるだろう。

――それ以前に、どうやって彼を支えていこうかな。

私はハレムに囚われているのも同然だ。気軽に外に出られる立場ではない。腹心として補佐をするにしたって限界がある。方法を模索するべきだろう。

――そういえば、放っておけない問題があったんだったわ。

非常に不愉快なそれを思い出して、思わず眉をしかめる。

どうしたものかと、アスィールの隣で途方に暮れた。

＊

うっかり、寵姫になってしまった私の日常はひどく忙しなく、なんともままならない。

アスィールから寵愛を受けているらしい私の一日の大部分は、体磨きの時間に充てられていた。毎日、浴場に連行されて全身をマッサージされる。爪はピカピカに磨き上げられ、綺麗な色に染められる。なにより辛いのが脱毛だ。ほんの少しでも生えているのを見つけると、親の敵を見つけたと言わんばかりに脱毛薬を塗りたくられるのだ。

「やめて！　話し合いましょう。まだ対話の余地があるは……ぎゃあああああっ！」

これがもう痛くて、痛くて。ちっとも慣れない。

「誰も助けてくれない。神なんていない。いないのよ……」

宗教国家では、ぜったいに口にしてはいけない発言まで飛び出す始末である。

それに加え、頻繁に行われる衣装合わせに採寸。着飾るための宝石の買い付けや注文。当然のごとく、私のために用意される品々はすべてが最高級品だ。

――いったい総額いくらになるのかしら。

故郷の一年間の税収より確実に多い。想像するだけで寒気がした。

「さすが大国。お金の使い方が豪快ね。美容が大事なのはわかるけれど――」

――まさに別世界の話だわ。

私は、和の国では器量なしとされていた。だから、美容なんて遠い世界の話だと思っていたのだ。きらびやかな衣装も最高級の化粧品も、世間の流行も未知の世界すぎる。

和服しか知らなかった私に、帝国風の衣装を選べと言われても選べない。元々の価値観が違いすぎるのだ。経験に基づく判断材料が少なすぎた。

「疲れる……」

苦労はそれだけではなかった。

「ライラー様、ごきげんよう！」

毎日のように、私の部屋の前には長蛇の列ができた。母后が催した勝負で劇的な勝利を収め、〝幸運な妾（イクバル・ジャリエ）〟として名を上げた私にあやかりたいと、おおぜいが挨拶に来る。あからさまに媚（こ）びを売る者、自分を派閥に入れてくれと直談判（じかだんぱん）してくる者……。ほとんどが知らない相手だ。迂闊（うかつ）な発言はできないと、愛想笑いを貼りつけて対応していく。

「ライラー様、宦官長（かんがんちょう）から催促のお手紙が」

「また？」

うんざりしながら手紙の中身を検（あらた）める。そこには、自身の配下である宦官を側近として置いてほしい。近々顔合わせの席を設けてほしいとの要望が書いてあった。

ハレムにはおおぜいの宦官がいるが、出身地によりふたつの勢力にわかれている。

帝国から見て北方の国から来た黎明宦官（サファク・ハディム）と、南方の国から来た宵闇宦官（ゲジェ・ハディム）だ。ハレムでの雑用を請け負う宵闇宦官に対して、主に内廷（エンデルン）の仕事を請け負う黎明宦官は仲が悪い。

宦官長は宵闇宦官だった。ついでに言うと、母后の側近中の側近、母后用人（ヴァリデ・ケトヒュダス）のカマールは黎明宦官である。実はカマールからも、自勢力の宦官を側近に迎えてほしいと打診をもらっていた。

おわかりだろうか。

彼らは、私をどちらの派閥に取り込むかで火花を散らしているのである。

こうした日々は、私の心身をひどく疲弊させた。

「なんでこうなってしまったのかしら……」

それもこれも、寵姫という地位に収まってしまったからだ。

なにせ妊娠していないのに、母后に次ぐ地位である夫人になりかけたくらいである。

まあ、夫人の件は謹んで辞退させていただいたけれども！

……ああ。この身ひとつでハレムに来た頃が懐かしい。

「とはいえ、想定内ではあるのよね」

故郷にいた時から、いずれは他家に嫁ぐものだと思っていた。

男は武功を上げ、女は家を守る。それが和の国に住まう人々の生き方だ。

家を預かるのだから、女主人として身なりを整えるのは当然だし、身分が下の者をあしらったりもするし、場合によっては派閥争いに巻き込まれたりもするだろう。

頭を抱えたい気分ではあるが、これくらいは許容できる。

――一番の問題はそこじゃない。

私を心から疲弊させている原因は別にあった。

それも、非常に侮辱的で――ぜったいに受け入れられない大問題である。

「ちょっと！　ぼさっとつっ立ってんじゃないわよ！　邪魔よ!!」

とつぜんの大声に、自室で礼状をしたためていた私は手を止めた。

声がした方に目を遣(や)ると、ひとりの女が誰かを突き飛ばしたのが見えた。寵姫用の部屋には、おおぜいの女中(カルファ)が行き交っている。声の主は、私に挨拶をしに来た者のようだ。

被害に遭ったのは、銀髪の女性だった。手にしていた反物が床に散らばる。女性はわずかに唇を震わせると、瑪瑙(めのう)の瞳で自分を突き飛ばした人物を睨(にら)みつけた。

「なにをッ……！」

怒りの表情を浮かべるも、相手が誰か理解した瞬間に顔が強(こわ)ばった。視線を逸(そ)らし、真っ青になってうつむく。すると、女が嘲りの表情を浮かべた。

「なあに、その目。反抗的ね。ヤーサミーナの癖に」

銀髪の女性はヤーサミーナだ。以前は愛妾(イクバル)としてハレム内で権勢を誇っていた彼女だが、私との勝負をきっかけに新入り(アジェミ)の地位に堕とされている。

ヤーサミーナは、本来なら処刑されるはずだった。勝負の際に、スルタンの持ち物(奴隷)である私へ刃(やいば)を向けたからだ。しかし、私は彼女の助命を嘆願した。〝再び問題を起こした場合は極刑〟を条件に、ヤーサミーナを私付きのアジェミとして預からせてもらったのだ。

「…………」

「だんまり？　やだやだ。どうしてアンタみたいなのが、ライラー様のお付きなの？　媚びを売ることしかできない無能の癖に！」

以前は周囲に威圧的に振る舞っていた彼女だが、侮辱的な態度を取る相手に反論をしようとしない。女――ニスリーンは、かつてヤーサミーナのお付きだった女中だ。ヤーサミーナと一緒になって、私に突っかかってきていたのをよく覚えている。仕えていた主人の凋落(ちょうらく)に伴って、ふたりの関係は悪化してしまったようだ。

――さすがに看過できない。

「ニスリーン。なんの騒ぎなの！」

思わず声をかけると、ニスリーンは澄ました顔で膝を折った。

「ライラー様、ごきげんよう。お騒がせして申し訳ございません」

「状況を説明してくれる？」

「恥知らずな人間がいたので、思い知らせてやっただけですわ」

ニスリーンは、どこか得意げな顔をして話し始めた。

「ライラー様はスルタンの寵姫であらせられます。なのに、ヤーサミーナを側付きにするなんて。信じられませんわ。有能で経験豊富な人間は他にもおおぜいいるのに——なんとまあ！　ハレムで唯一の愛妾だというのに……嘆かわしいこと！」

大仰に肩をすくめたニスリーンが、口の端をわずかに歪める。

私を見つめる瞳には、明らかに友好的ではない光が宿っていた。

「その点、わたくしなら、ライラー様のお力になってあげられますわ。どうです？　アスイール様の寵愛を深める、お手伝いをして差し上げましょうか？」

どうやら、ニスリーンは自分を売りに来たようだ。

——反吐が出るわね。

〝不遜にして以て勇と為す者を悪む〟べしと、よく父が言っていた。

不遜で傲慢な態度を取っていながら、それを勇気あることだとする者を忌み嫌うべきだという意味だ。他人を下げ、自分を持ち上げる。いかにも自分こそが正しいという態度は、まさにそれだった。信用に値しない人物だ。側付きだなんてとんでもない。

——それ以前に、どこから目線で話しているの？

嘆かわしいだの、お力になってあげられるだの、差し上げるだの……。

なんなのかしら。一介の女中であるニスリーンより、こちらの方が立場は上のはずだ。

「ライラー様はハレムに来て間もないですから。わたくしが手取り足取り――」

ニスリーンは意気揚々と自分語りを続けている。

――もういいわ。これ以上は聞きたくない。

小さく息を漏らして、ニスリーンの言葉を遮った。

「なにが言いたいのかよくわからないわ」

「ですから――」

「何度聞いても同じよ。誰を側付きにするかは私が決める。あなたじゃない。これ以上、ヤーサミーナを侮辱するのは赦（ゆる）さないわよ」

はっきり断言すると、みるみるうちにニスリーンが慌て出した。

「し、失礼いたしました。さ、差し出がましいことを……」

ふるふると小動物のように震え出す。打って変わって気弱な態度。

「きょ、今日は退散することにしますわ」

ちらちらと縋（すが）るような視線をこちらに投げかけた彼女は、どこか媚びた声で続けた。

「誰よりも寛大なお心を持つライラー様。私のこと〝も〟赦してくださいますよね？」

――ヤーサミーナを赦したくらいなのだから。

言葉の裏に潜む意図が透けて見えて、思わず顔をしかめた。

「ニスリーン……」

頭痛がする。あんまりな態度に苦言を呈しようとすると、

「ま、またご挨拶に参りますわね！」

不穏な気配を察知したのか、ニスリーンは脱兎のごとき勢いで逃げ出してしまった。

「………」

嵐のように去っていった女に唖然とする。退出の許可を出した記憶はなかった。

沸々と怒りが湧いてきて、すぐさま近くにいた女官に声をかける。

「ちょっと。誰か塩を持ってきて！　塩!!」

「し、塩ですか!?　昼食にはまだ早い時間ですけれど」

「いや、食事じゃなくて――」

「お待たせ。ライラー」

そこへ、塩入りの壺を持ってデュッリーがやってきた。

うやうやしげに差し出す。意味ありげな笑みを浮かべて言った。

「どうぞ、存分に」

「ありがとう!!」

勢いよく壺に手を突っ込む。

思い切り振りかぶった私は「二度と来るな！」と、渾身の力で塩をぶちまけた。

＊

「完全に舐められてるわね。あの女に」

「……本当にね」

疲れ切った体を長椅子の背に預けた私は、散らかった塩をせっせと掃除している女中たちの姿を眺めて深々と嘆息した。

「無意味な仕事を増やしてしまって悪いわね」

「気にすることないわ。苛つくのもわかるもの。なによあれ。何様のつもり？」

「最悪よね。本当に気分悪い」

デュッリーが用意してくれた珈琲を飲み干す。茶碗を返すと、彼女は慣れた手付きで受け皿にひっくり返し、碗の中をのぞき込んで眉根を寄せた。

「あらまあ。凶兆が出てるわ」

「……占わなくてもわかってるわよ……」

この頃、珈琲占いにはまっているデュッリーはクスクス笑っている。

デュッリーは私付きの筆頭女中だ。栗色（くりいろ）の瞳に癖のある髪、そばかすが可愛（かわい）らしい。

夏空みたいにからっとした性格をしていて、様々な面で私を補助してくれている。

彼女には、もともと為政者側の人間だったこと、スルタンの子を孕（はら）むつもりはないこと、いつか故郷に帰るために、円満な年季明けを目指している旨を打ち明けてある。正直、事実を告げる時はすごく不安だった。罵倒されるかも、なんて考えていたのだけれど。

その時に返ってきた反応は、実に痛快だった。

『年季明けまでに目標額が貯（た）まっていれば、別に文句なんてないわよ！』

デュッリーは、ハレムでお金を稼ぎたいと言う。年季が明けて自由民になった後、海辺に豪邸を建てるのが目標で、じゅうぶんな収入があれば細かいことは気にしないらしい。

最高だった。デュッリーこそ、まぎれもなく唯一無二の側近だ。

「それにしても困ったわね。そのうちライラーがぶち切れそうで怖いわ」

「……正直、手もとに刀があったら、ためらいなく抜いてた」

「わあ。物騒ね」

「仕方ないじゃない！　あんなの、私の故郷だったら無礼討ちじゃすまないわよ」

思い出すだけで腹が立つ。

──そう。私は侮られていた。

ニスリーンは会うたびにあんな態度だった。母后であるファジュルには、ぜったい口にしないような言葉をやすやすと投げかけてくる。表面上は敬っている体を保ちながらも、内心では私を取るに足らない人間だと侮っているのだ。

原因は明らかだった。ヤーサミーナを受け入れたからだ。

私は〝自分を殺そうとした相手をも赦す慈悲深い女〟。

すべてを受け入れる度量がある。舐めた態度を取っても問題ない……。

ニスリーンは、寵姫ライラーがそういう人物であると信じ込んでいる。

おそらく、彼女だけに限った話ではない。ヤーサミーナの件は周知の事実であり、態度には出さないものの、私を〝慈悲深い女〟だと考えている人間は他にもいるはずだ。ニスリーンほどひどくはないものの、そういう扱いを受けた覚えがある。

──慈悲深いだなんて。いったいなんの冗談かしらね。

もちろん幻想だ。私は誰彼かまわず救うような人間ではない。為政者は時に残酷な選択を迫られる。たとえ近しい人間であっても、状況によって切り捨てる覚悟が必要だ。

「ライラー、それでどうするの？　今回は逃げられちゃったけど、ニスリーンを罰するつもり？　体面を保つためにも、態度をはっきりした方がいいと思うんだけど……」

特に、ニスリーンのような人間には、毅然（きぜん）とした態度で接した方がよいのだろう。和の国にいた頃だったら、確実にそうしていた。イクバルの私には、相手を罰したって問題ないくらいの権限は与えられているはずである。

「……とりあえずは、様子を見るわ」

「優しいのね？」

「本当は私だって嫌よ！　でも、ファジュル様みたいにはできない」

母后であるファジュルは、気に入らない女中を次々と海へ捨てて〝処分〟していた。私刑なんて寒気がする。それに、ハレムの支配者はアスィールであり、私も他の女たちと同じくただの奴隷だった。ハレム内の序列はあれど、和の国にいた時とは違って明確な身分差があるわけではない。不本意にも得てしまった地位をひけらかし、相手を罰するのはどうなのだろう。与えた罰が重すぎても軽すぎても、禍根を残す気しかしなかった。

――いずれは、手を打たなければならないんだろうけど……。

現状、ニスリーン自身が罪を犯したわけではない。いっそ、寵姫でございと開き直れば、不敬だからと罰せられたのだろうが、そんな気にもなれなかった。〝慈悲深い女〟だのという、幻想を打ち砕く好機を待った方がいいように思える。

――すっごく屈辱的ではあるけどね。

「デュッリー、ヤーサミーナを気にかけてあげて。あの調子じゃ、私に見えない場所でも嫌がらせされていそうだわ。守ってあげないと」

「もちろん。任せておいて！」

「ありがとう。頼りにしてるわ」

物憂げな表情で言うと、ふいにデュッリーが私に訊ねた。

「ヤーサミーナを助けたこと、後悔してる？」

私は即答した。

「まさか。殺すには惜しい人材だった。間違った判断をしたとも思ってない」

とはいえ、この状況が受け入れがたいことには変わりない。

――私が望むのは、穏便な年季明けだけなのに！

「寵姫って面倒すぎる！」

思わず頭を抱えていると、デュッリーが苦々しい口調で言った。

「ニスリーンといい、宦官長といい、挨拶のために列を作る人たちといい……。みんな、ライラーを利用しようと必死ね」

「あわよくば私を踏み台にしようってんでしょ。魂胆が見え見えなのよ」

他人に都合のいいように利用されるだなんて……。それこそ、傀儡のようだ。

「勘弁してほしいわ」

「ライラーの他に、スルタンの寵愛を受けている人がいないせいもあるわよね。現状、母后とあなたの二強で、後は大差ない感じだし。だから注目されちゃう」

「そうなのよね……」

ハレム内の序列は皇帝からの距離の近さによると言っていい。

頂点が皇帝の生母である母后。次に子を成した夫人、閨(ねや)を共にしたイクバル、女官長(ケトヒュダ・カドゥン)、女中頭(ウスタ)、女中、アジェミ……。新たなイクバルになるためには、母后から推薦を受けるか、スルタンの目に留まるしかなかった。とはいえ、皇帝がハレムを訪れる機会などそうそうない。それこそ母后主催の茶会くらいだから、結果的に母后の存在を無視できない。

ハレム中の人間が私に擦り寄ってくる原因も、ここに起因している。

イクバルである私は、定期的に母后の茶会に呼ばれていた。もちろん側付(そばづ)きの女中も連れていくから、上手(うま)くいけばスルタンの目に留まる可能性がある……。

すべてはスルタンの寵愛を得たいがため。野望を持つ人間からすれば、私は非常に便利な位置にいるのだ。とはいえ、アスィールが抱える事情を考えれば、私以外に寵愛を受ける人間は二度と出てこないだろう。年季明けまで、のんびり腹心として過ごそうと思っていたのに、本当に面倒なことになった。常に注目されている状態では、腹心として動くのにも支障が出てきそうだ。

――どうしようかしら。

ウンウンと頭を悩ませていると、ふいにデュッリーがつぶやいた。

「ライラー以外にも、目立った活躍をする人物が現れたらいいんだけどね。ファジュル様かスルタンのお気に入りになるようなさ」

ハッとして顔を上げる。思わず彼女の両手をガッシと掴(つか)んだ。

「そうしたら、私に集まってる関心が分散される……？」

「そ、そうね？　単純に考えたらね。てか、ライラー！　近いわよ‼」

頬を薔薇色(ばらいろ)に染めているデュッリーを無視して、思案に暮れる。

今回の問題は、スルタンの妻を迎えるべきハレムが機能不全を起こしていることに起因していた。母后を中心した制度に歪(ゆが)みがあるから、こういう事態に陥っているのだ。

ならば、ハレムの構造を変えてしまえばどうだろう？

コネと派閥だけに頼った現状を打破し、女たちの関心を分散する……。

――そもそも、女奴隷たちを遊ばせておくのはもったいないと思ってたのよね。

どうせなら、アスィールの政務を補佐できるような形に変えられないか。

私はいずれ故郷に帰る。その後も問題なく国が回っていくような仕組み作りが必要だ。

——これって、すっごくいいんじゃない？

「デュッリー。私、ハレムで改革を起こすわ」

「か、改革⁉」

「そうよ。侮られたままじゃいられないもの！」

母も、父のもとに嫁いだ後、すぐに女衆の統率を図ったのだという。

いわば婚家の手入れである。それは、私が自分らしく過ごすためにも必須だった。

「母からの教えを活かす時が来たわ！」

声に出してみると、胸の中心に希望の光が灯ったような気がした。

——こうして、思い立った私はハレムの改革に着手することに決めた。

それがどんな結果をもたらすのか——あまり深く考えないまま。

# 二章　和の国の姫君、女同士の戦をする

「というわけで、諸々の許可をいただきたいのですが」

「なんなんだいきなり……」

その日の晩。

私はさっそく行動を起こすことにした。まずは根回しである。

スルタンの寝室で大量の書類と格闘していたアスィールに、私は続けて言った。

「悪いようにはしません。お約束します」

「改革だと？　本当にいい方向に変わるなら、許可を出すのはやぶさかではないが」

書類から視線を上げると、彼は「なにをやらかすつもりだ？」と悪戯っぽく目を細めた。

――やらかすだなんて。失礼な。

「実はですね……」

つらつらと構想を説明すると、アスィールはとても愉快そうに声を上げて笑った。

「なんだそれは。本当に実現するなら前代未聞じゃないか？」

「実現するなら、じゃないです。実現させるんですよ」

「不可能ではないだろうな。母上の許可が下りればの話だが」

ハレムはスルタンのために存在するが、実権を握っているのは母后(ヴァリデ・スルタン)だ。

ファジュルの許可なしに勝手はできないだろう。

「一筋縄ではいかないぞ。勝算はあるのか」

「もちろんです」

「ならば許そう。便宜を図るように、母上に書をしたためておく」

「……あら、本当にいいんですか？」

まさか、こんなに簡単に許可が下りるとは考えていなかった。

思わずたじろぐと、アスィールは上機嫌な様子で私を見る。

「なんだ。言い出しっぺの癖に」

「いえ、想定以上に判断が速かったので。後で苦労しても知りませんよ」

「苦労？　お前が考えた計画なのに？　どんなに荒唐無稽な計画でも、お前は実現させるつもりなんだろう。なら、俺が横から口を出しても仕方がない」

ふっと口もとを緩めて笑う。翡翠色(ひすいいろ)の瞳には確かな信頼がにじんでいた。

「お前はきっとやり遂げてくれるだろう。だから許可を出した。それだけだ」

ほんのり頬が熱を持った。信頼を寄せられて嬉しくないはずがない。

なんだか無性に照れ臭くて、毛先を指先で弄びながら言った。

「なら、ついでにお願いされてくれますか」

「なんだ？」

「ご褒美役を引き受けてください。ハレムの女たちに、やる気を起こさせるために」

「――俺に誰かを抱けと？」

「ち、違いますよ！　食事を一緒に摂るとか、時間を共有してもらうとか。その程度で結構です。鼻先に人参をぶら下げておけば、どんな馬だってよく走るじゃないですか」

「俺を人参扱いするのか」

目を丸くしたアスィールは、くしゃりと顔を歪めて楽しげな笑みを浮かべた。

「ひどい奴だな！　だが、納得した。喜んで褒美役を務めさせてもらおう」

「助かります」

クスクス笑って、彼が手にしていた書類をのぞき込む。

「そちらの駄馬の具合はどうですか？」

意味ありげに目を細めると、アスィールが呆れたように笑った。

「……言い方。お前なあ」

「主人に噛(か)みつく馬を、駄馬と呼ばずになんと言うのです」

「それはそうだがな」

ここで言う駄馬とはイェニチェリのことだ。

ここのところ、アスィールはイェニチェリ対策にかかりきりだった。

イェニチェリとは、スルタン直属の歩兵部隊だ。本来ならば、主(あるじ)であるスルタンに従順なはずの彼らは、アスィールの兄で先帝のイブラヒムを処刑した。イェニチェリに蔓延(まんえん)していた不正を憂い、解散させようとした兄王への報復とも取れる行動である。とはいえ、世間的には民を虐げていた王を誅(ちゅう)したとして、謀反だとは受け取られていない。

結果、イェニチェリと現皇帝(スルタン)であるアスィールの関係は最悪だった。

先王を手にかけた軍部は新しい皇帝を侮っている。このままでは、有事の際に悲劇が起きかねない。いままで、母親であるファジュルに政治の表舞台を任せていたアスィールにとって、軍部の掌握は一刻も早く進めなければならない最優先事項だ。

「手間取っているようなら、私もお手伝いしますが」

「いや、いまはいい。まずは自分なりにやってみようと思っている。奴らの言い分も聞いてみたいしな。視察を重ねれば、見えてくるものもあるだろう」

アスィールは手の中の書類に視線を落とすと、ふっと口もとだけで笑んだ。

「まだまだ情報収集の段階だ。腹心殿の出番はもう少し先だろうな」

「な……」虚を突かれて目を丸くする。

「腹心殿だなんて。私を信頼してるんですね」

「当然だろう。お前の能力は高く買っている」

アスィールは拳を前に突き出すと、ニヤリと不敵な笑みを浮かべた。

「こっちは気にするな。必要な段階で声をかける。ハレムのことは任せたぞ」

「任されました。では、イェニチェリの件はよろしくお願いします」

「当然だ。あまり無理はするなよ？　暴走しないように」

「私をなんだと思ってるんですか！」

戯けるように睨みつけてから、表情を緩める。

「頑張りましょう」と拳同士を付き合わせた。

――ああ！　心が弾む。

目標がはっきりしてきたからか、なんだか楽しくなってきた！

「それで、これからどうするつもりだ？」

「二日後にファジュル様のお茶会があるので、その時に仕掛けようかと」

笑みをこぼして、内心の興奮を抑えきれずに言った。

「姑から完璧な勝利をもぎ取ってみせますよ」

＊

婚家に嫁いだ人間の最大の障害といえば、言わずもがな姑である。

私は奴隷だし、別に嫁いできたわけでもない。ついでに言うと、アスィールと結婚したわけではないから、ファジュルを姑と呼ぶのはいささか違う気もするのだが、立場だけで言うと嫁姑の関係がいちばん近いのではないだろうか。

だから、仮定として私を〝嫁〟、ファジュルを〝姑〟とする。

嫁が婚家で自分の意見を押し通す秘訣は、姑とどう折り合いをつけるかだ。

聞けば、私の母もずいぶんと苦労したらしい。

『覚えておくのよ。姑という生き物は、厳密に言うと嫁とは違う生き物なの』

同じように見えて、限りなく違うなにか。嫁とは異なる常識を持ち、長い時間をかけて自分で築き上げてきた文化圏の中に閉じ籠もっている先住民だ。新しい文化の流入を嫌い、非常に保守的で、自分の仕事に誇りを持っている。当然のごとく、外部からやってきた人間には厳しい。それが、息子の隣に立つ人間ならばなおさらだ。

――どう攻略すべきかしら。

極まれに優しい姑も存在するようだが――ファジュルがそうだとは思えない。女中(カルファ)を簀巻(すま)きにして海に放り込むような人間だ。ファジュルからの歩み寄りは期待できないだろう。ならば、どうするべきか。その疑問に、かつて私の母はこう語った。

『反発しては駄目。迎合しなさい。姑の考えに』

しかし、それだけではいけない。完全に屈服してしまえばただの下僕である。

『その上で、自分の意見を押し通すの。必要なのは〝納得感がある理屈〟』

相手の考えを理解し、尊重し――それでもなお、嫁のやり方が正しいと思わせる。

『これは女の戦なの。ぜったいに負けては駄目よ』

――負けないわ。お母上。

ハレムに改革を起こす。

現状の仕組みをぶち壊し、私の意見を押し通してみせようではないか。

「本日はお招きありがとうございます。ファジュル様」

その日は、夏の日差しが燦々(さんさん)と降り注ぐ暑い日だった。春頃はチューリップ(ラーレ)で華やかだった中庭も、いまは夏の花で賑(にぎ)わっている。青々とした緑であふれた外の世界は眩(まぶ)しいくらいで、相反するように母后の部屋には昏(くら)い影が落ちていた。

デュッリーを始めとした側付(そばづ)きを引きつれた私は、ファジュルが用意した茶の席に到着すると挨拶を述べた。客人は私だけだ。その他は、何人かの女中頭(ウスタ)たちが側に控えている。給仕や、ファジュルの身の回りの世話を任されている彼女たちは、誰もが私に注目していた。刺さるような視線に自然と背筋が伸びる。

「よく来た。座れ」

目を細めると、ファジュルはゆるゆると手招きをした。

相変わらず豪奢(ごうしゃ)な装いだ。動くたびに金剛石の首輪がギラギラとまばゆく輝き、黄金の耳飾りが軽い音を立てる。大きすぎるほどの宝石がはまった指輪。長着は夏らしい紗(しゃ)を使った品で、複雑な文様の刺繍(ししゅう)が恐ろしく手間のかかった品だと見てわかる。

少し離れた場所では、母后用人(ヴァリデ・ケトヒュダス)であるカマールが控えていた。特に表情を浮かべず、凪(な)いだ海のような瞳で私をじっと見つめている。

考えの読めない男だ。不気味に思いながら着席した。

「ライラー」

ふいにファジュルに名を呼ばれた。

緑青色の瞳。なんの熱もこもっていない――まるで無感動な眼差(まなざ)し。

「アスィールとはよくやっているか」

淡々とした声色に、じわりと背中に汗がにじんだ。

「大変可愛がっていただいております」

「そうか」

ゆるりと肘掛けに体を預ける。

値踏みするような視線を寄こすと、真っ赤に染めた唇をわずかに歪めた。

「早く子を成せ。己の存在意義を忘れるなよ」

チリチリと肌がひりつくような空気に息を呑む。

ファジュルの瞳が雄弁に物語っていた。余計なことに心を砕いていないで、役割をまっとうしろと。ハレムの実質的支配者である彼女は、あらゆる場所に自分の手駒を置いている。私やアスィールの行動は、すべて筒抜けなのだろう。

「更なる努力をお約束します」

動揺を押し隠して答えると、当然だとばかりに視線を逸らされた。相変わらずの存在感である。支配者としての威厳すら醸し出していた。

彼女は、武家の娘として生を受けた私とは違い、もともと庶民だった。つまり、努力の積み重ねがいまのファジュルを作り上げたのだ。泰然と佇み、ただそれだけで人々の関心を集める。媚びへつらいをものともせず、場を支配する姿は眩しいくらいだ。〝慈悲深い女〟だのと侮られている私とは大違い。

――少し憧れてしまうわ。

そんな想いを抱きながらも、いまはそれどころではないと気合いを入れ直す。改革を実行に移すためにも、今日はぜったいに負けられない。これぞ女の戦だ。

――敵として不足なしね。

ファジュルの不興を買ったらどうなるかわからない。

私は、あくまで貴人出身の奴隷が有用だと証明しただけだ。奴隷の代わりはいくらでもいるという、彼女の考えは簡単に覆せないだろう。別の尊い生まれの人間を調達すればいいと、相手が考えかねない危うさがあった。

つまり、安易な失言は今後の運命をも左右する。

ぶるりと体が震えた。体の芯からジワジワと熱がせり上がってくる。

――命懸けのやり取りってすごく燃えるわ。

武家生まれの魂が騒いで仕方がない。

――さて。まずはどう動くか……。

アスィールがファジュルへ文を出しているはずだった。ここは受けに回った方がいいかもしれない。澄ました顔で、相手が先制してくるのを待った。

「みなに茶を」

ファジュルの声がけで珈琲頭（カフヴェジ・ウスタ）たちが動き出す。

リュートの音色が辺りに響き出すと、ようやく場の空気が解（ほぐ）れてきた。珈琲（コーヒー）が苦手なファジュルに配慮してか、香草茶などが多く供されている。ミント入りのレモネード（リモナタ）はさっぱりしていて、何重にも生地を重ねたシロップ漬けの焼き菓子（ヴァクラバ）にぴったりだ。

「ライラー。アスィールからお前に便宜を図れと手紙をもらったのだが」

——来た。

息を呑んだ私に、ファジュルは淡々とした口調で語った。

「お前はいまのハレムに不満を持っているそうだな。どういうことだ」

「――……!?」

給仕をしていた女中頭たちの間に動揺が走る。

いっせいに注目を浴びた私は、背中に汗が伝うのを意識しながらも、表情を崩さないままファジュルの視線を受け止めた。

——アスィール様ったら、文になんて書いたのよ……。

とはいえ、改革を望むということはそういう意味に取られても間違いない。

現状に満足していないからこそ、新しい変化を望むのだから。

「不満だなんて、そんな」

「あの子からの手紙には、ハレムの仕組みを変えたいとあった。不満がないわけがない」

「そうですね――」

ここで批判的な言葉はぜったいに避けるべきだ。攻撃するにはまだ早い。

油断なくファジュルの表情をうかがいながら、刃(やいば)は研いでおくに止(とど)めた。

「アスィール様の治世を支えるひとりとして、危機感を抱いただけなのです」

「危機感？」

「うぬぼれかもしれませんが、私はファジュル様が求める資質を持っていると自覚しております。為政者の妻として、アスィール様を支えられる能力です」

それは、先日のヤーサミーナとの勝負で証明されている。異論はないのか、ファジュルもうなずきを返してくれたので、安堵(あんど)しつつも話を続けた。

「ですが――そんな人間が、私だけでいいのでしょうか？」

ファジュルは片眉をつり上げると、訝(いぶか)しげに私を睨みつけた。

「アスィールの寵愛(ちょうあい)を独占するつもりはないのか」

「ございません」

はっきり断言すると、ファジュルは理解できないとばかりに眉根を寄せた。

「なぜだ。貴人とはそういう考えに至るものなのか？」

「血を繋ぐという意味でしたら、畑は複数あった方がいいとは思いますね。そこに個人の感情は関係ありません。最も効率のいい方法を採用すべきでしょう」

――私の両親は違うし、本音で言えば相容れない価値観だとは思うけれど。

後宮の存在意義を考えれば、至極当然な感覚だろう。

まあ、いまはそこが論点ではない。さらりと話題の方向を修正する。

「私は、アスィール様の側に、能力のある人間を複数配置すべきだと思っています。とはいえ、私のような貴人出身の奴隷を確保するのは難しいでしょう。私と同程度の能力を持っている保証もありません。ならば――いまいる人材を有効活用すべきだと考えます」

ふわりと柔らかく笑む。まっすぐファジュルを見つめて、凜として告げた。

「アスィール様を支えるに足りる人材を確保するため、女たちに教育を施したいのです」

私の言葉にファジュルは興味を持ったようだった。

「……具体的にどうするつもりだ」

「能力的に優れた人物を選定し、その人物を中心として、同じ分野に興味を持つ女たちで集団を作り、知識を高めていきます。集団ごとに情報交換をしたり、教育者を互いに送り込んだりします。女たちが一丸となって能力を高めていくのです」

私の狙いは、それぞれがバラバラな方向を見ていた女奴隷たちの中に、新たな主導者を配置することだ。実現すれば、私と母后だけに権力が偏っていた状況を改善できるはず。

「優秀者には、知者(ビルギ・アダム)の地位を授けるというのはいかがでしょうか」

「知者？」

「そうです。培った知識で様々な活躍をする者を指します。知者にはアスィール様への面会権を設定します。優れた人間との交流は、スルタンも望むところでしょうから」

いままでハレムで成り上がるには、母后の存在が不可欠だった。ファジュルが取りたてた人間だけがアスィールへの目通りが許される。だからこそ、成り上がりを狙う女たちは、こぞって権力者の前に列を成す。私にさえ媚びへつらい、利用しようとする。

それでは駄目だ。不健全である。完全能力主義へ切り替えるべきだ。そうすれば、他人のご機嫌取りではなく、自分を磨くことに努力の方向性を変えていくはずだ。

「そこからイクバルに昇格するかどうかは、本人次第ですけどね」

状況によっては、アスィールが本当の意味での妻を迎える必要が出てくるかもしれない。幽閉されている皇子が、無事に成長するとは限らないからだ。アスィールが主義を変えた場合も、ただの奴隷よりかは優れた人物を選んだ方が都合がいいだろう。知者は、そのための布石にもなると考えていた。

「面会権……と言ったか。アスィールは許可を出しているのか」

「もちろんでございます」

すぐさま回答すれば、ファジュルはなにやら思案し始めた。

「女たちに教育を施す許可をいただけませんか。アスィール様のためにもなるはずです」

「…………」

すかさず言葉を重ねた私に、ファジュルはジロリと胡乱げな眼差しを向けた。

小さく息を吐き出すと、苦虫を嚙みつぶしたような顔になる。

「ライラー」

「不愉快だ」

ざくりと突き刺すような発言に、思わず息を吞んだ。

私が身を硬くした隙に、ファジュルは一気呵成に攻め始めた。

「いまの仕組みでは足りないと？　まるでわたくしが無能とでも言いたげではないか。お前が不十分だという仕組みから、わたくしは母后の地位まで上り詰めたのだがな。女中として様々な苦労を重ね、前母后の機嫌を損ねないように細心の注意を払い、おおぜいの奴隷たちが使い捨てにされる中で必死に努力を重ねてきた」

アスィールの祖母、前母后も難しい方だったようだ。数え切れないほどの女中が、些細な失敗で命を散らしてきた。それこそが、ファジュルが生きてきた世界。

「わたくしには苛烈な競争を生き抜いてきたという自負がある。絶え間ない努力の末に、夫に見初められていまがあるのだ。それが間違っていると？」

彼女がどうして奴隷を使い捨てにするのか——その理由がわかった気がする。

——かつて自分も同じ境遇にあったからだ。

だから、奴隷に厳しく接する。

海峡に投げ込まれなかった人間こそ、選ばれた者だと思っている節すらあった。

それが、ファジュルが長い時間をかけて培ってきた価値観だ。自分という成功例があるのだから、いまの仕組みでじゅうぶんに足りると考えている。

つまり、私はその価値観を真っ向から否定してしまったわけだ。

「…………」

母后用人であるカマールの存在感が増していた。

刺し貫くような目線。

頭の中では、私を〝処分〟する算段でも立てているのかもしれない。

全身から汗が噴き出している。首もとに刃物でも突きつけられている気分だった。

普通ならば、母后を貶すような発言をしてしまった時点で詰みだ。

『反発しては駄目』

母の教えを思い出して、背中に冷たい汗が伝う。

――だが、問題はない。成すべきことはわかっていた。

すべては母が教えてくれた。恐れる必要はない。いまは前に進むのみだ。

「恐れながら、ファジュル様」

動揺を悟られたらおしまいだ。意識して口もとをほころばせた。

カマールが怪訝そうな表情を浮かべたのを横目で見つつ、私は凜と前を向いた。

「私があなた様に認めてもらえたのは、教養を身につけていたからだと思っています」

「教養？」

「ええ。いまのハレムでは学べないものです。語学、地理、歴史、算術。他国の文化や流通の知識。今回の場合は、帝国領の情報なども含めようと思っていますが」

にこりと微笑む。まるで動じない私にファジュルの瞳が揺らいだ。

威圧で他人を従わせてきた人間は、相手が平然としていると動揺する傾向にあった。

好機である。笑みを浮かべたまま、私は持論を展開し始めた。

「為政者の妻は、そういう教養を求められる場面が多くあります。しかし、ハレムで身につけられる技能が不要というわけではありません。舞踊や刺繡、細かな気配り、女たちへの差配の仕方……。それらも、為政者の妻として持っていて然るべきものです」

『迎合しなさい。姑の考えに』

母の教えどおりに、母后が築き上げてきたものを素直に認める。

『その上で、自分の意見を押し通すの。必要なのは〝納得感がある理屈〟』

そして、〝納得感〟を増すための話をぶつけた。

「教養は、そういう技能とは別に、新たな選択肢を与えてくれるのですよ。私の故郷にこういう逸話があります。ある武士の妻の話です」

とある貧しい浪人が、東国第一と名高い名馬と出会った。しかし、値段が高すぎて買えずに意気消沈していると、妻が隠し持っていた財産を差し出し、無事に名馬を購入できた。

結果、馬揃えで名馬を披露した浪人は、主君の目に留まって出世したという。

「山内一豊という武士の妻の話です。私の家から見ると敵方ですから、例に挙げるのは業腹ではありますが、優れた妻の行いとして広く知られています。この武士の妻は、隠し財産で窮地を脱しましたが、別の道もあったと考えられませんか？」

「ほほう？」

「そこで重要になってくるのが教養です。算術や流通の知識に優れていれば、金子をただ隠し持つのではなく、なにかしらの手段で増やしておけたかもしれない。情勢に詳しければ、商人の言い値よりも安く名馬を買えたかもしれない。金子を運用して、貧しい暮らしから脱却していたら、もっと早い段階で夫が君主の目に留まったかもしれない――」

話に聞き入っているファジュルをまっすぐ見据え、感情を込めて訴えかけた。

「知識や教養は、様々な選択肢を与えてくれるのです。こういう状況は政でも起こりえます。厄介な問題に対して、知者が持つ教養が力を発揮するのです」

そして私は、改革の核心に迫る言葉を放った。

「私の狙いは、ハレムの女たちをアスィール様の〝助言できる側近（ブレイン）〟に育てること」

「……！」

「これだけの人間を囲っているのです。子を産み育てるためだけの場所ではもったいないとは思いませんか。私は、ハレムの新たな形を提案いたします」

ファジュルの感情が揺れているのがわかった。否定の言葉でも吐こうとしたのか、わずかに口を開閉するが、すぐに閉じる。しばし黙考の後――

「なるほどな」と、つぶやいた。

「……！」

――〝納得感のある理屈〟を押し通せた！

ここまで来れば、後は勝利へ突き進むだけだ。

いままで固唾を呑んで様子を見守っていた女中頭たちに向けて言葉の矢を放つ。

「あなたたちにも利があるんですよ」

「……利、ですか？」

「ハレムで教養を学んでおけば、役に立つこと間違いなしです。あなたたちの人生はここで終わりではないでしょう？　年季が明ければ奴隷ではない人生が待っている」

ふわり。子どもに向けるような慈愛を含んだ笑みを浮かべた。

「たとえスルタンに選ばれずに終わったとしても、教養は賢く生きるための選択肢をくれます。魅力的ではありませんか？」

「「……！」」

給仕をしていた女中頭たちの頬が染まる。

誰もが興奮気味に顔を見合わせ、やや前のめりになったのが見えた。

——空気が変わった。

放った矢が期待どおりの効果を表したのを確認して、ファジュルへ頭を下げる。

勝利を勝ち取るために、静かに、しかし確実な一撃を見舞った。

「女奴隷たちに教養を学ぶ機会を。教養という新たな手段を得た女たちは、きっとアスィール様のお役に立てます。どうぞ、ファジュル様の御慈悲をお与えくださいませ」

ファジュルは黙り込んでいる。

じっと私を見つめ、なにやら考え込んでいるようだった。

「試用期間としてふた月やろう」

ハッとして顔を上げる。

「成果を見せろ。ライラー」

「……！」

頬が緩みそうになるのを必死にこらえ、深々と礼の形を取る。

「仰せのままに」

体中が熱を持っていた。興奮が抑えきれない。

女の戦において勝利を摑み取った瞬間だった。

＊

「ああ！　緊張した！」

「そうは見えなかったけどね」

茶会を終えた私は、部屋に戻るなり、人払いをしてデュッリーとふたりきりになった。

疲労のせいで全身に倦怠感がある。こんな時は、気心の知れた側近だけがいればいい。

長椅子にだらしなく体を預けて、珈琲を手に練り菓子をほおばる。贅沢にたっぷりの砂糖と共にでんぷんを練り上げた伝統菓子は、ねちっとした食感が楽しい。素朴な甘さ、ほのかなレモンの酸味。練り込まれたナッツの香ばしさに助けられて、私はひとつふたつと連続で口に放り込んだ。

「生き返る……」

しみじみと菓子の甘さを噛みしめていると、給仕をしていたデュッリーが笑った。

「実に堂々たる姿だったわ。感心しちゃった」

「そう見えたならよかった。これでハレムも変わっていくはず。忙しくなるわよ」

「まずは優れた能力を持つ人材の選定からかしら？」

「大丈夫。知者候補の選定なら、もうしてあるわ」

デュッリーが目を瞠る。「いつしたの？」意外そうな彼女に笑みを向けた。

「少し前に、アスィール様に調理場を作ってもらったでしょう」

「ああ、毒混入事件の時の」

ハレムへ来て少し経った頃の話だ。何度も命を狙われて困り果てた私は、自衛のためにアスィールから専用の調理場を賜った。

「調理場に出入りしている子たちと、私が親しくしているのは知っているわよね？」

「え、ええ。あなたの派閥に入ってくれた子たちね。故郷の料理をわけてもらったり、いろんな話を聞いたりしてたような……。まさか」

「そのまさかよ。この改革を推し進めていくのはその子たち」

にんまり悪い笑みを浮かべる。

「私の派閥の女奴隷を中心に進めていくつもり」

デュッリーが息を呑んだのがわかった。

「ほ、本気なの？」

「本気。もちろん、うちの派閥だからって誰でもいいわけじゃないけどね。聖十字教の宣教師の娘や、元商家の娘、小さな村の領主の手伝いをしていた子がいたはず。その子たちだったら実力はじゅうぶんのはずよ」

「……そう。そうよね。他の派閥にどんな子がいるかわからない以上はそうなるか。ふた月って期限を切られちゃった以上、のんびりしていられないものね」

「さすがはデュッリー！　わかってるじゃない」

優秀な側近にホクホクしていると、デュッリーの顔色が冴えないのに気がついた。

「どうしたの？　気になることでもある？」

「いやあ。この後のカマール様が怖いなって」

「え」

「だってあの人、ファジュル様の番犬を気取ってるじゃない!?　ハレムの実質的な支配者ってファジュル様でしょ。でも、今回の改革って、どう考えても越権行為っぽいじゃない。好き勝手やりやがってって、密かに恨まれてそうで……」

青ざめた顔でガタガタ震えたデュッリーは、この世の終わりと言わんばかりに嘆いた。

「気付いたら海の底なんて嫌よ。あああぁ。勘弁してほしいわ……」

カマールの容赦のなさはハレムでも有名だ。ファジュルを溺愛している彼の行動は行きすぎることが多く、女奴隷たちの間でひどく恐れられていた。

「確かに、『ファジュル様の立場を脅かすつもりですか』なんて思ってそうね」

事実、この改革が実現すれば、ハレムにおいてのファジュルの影響力が低下するのは目に見えていた。知者になった女たちが幅を利かせ始めたらなおさらだ。

ファジュルが許可を出した以上、すぐになにかを言ってはこないだろうが……。

そのうち、なんだかんだと文句をつけてくるのは容易に想像できる。

「さっきも、いつ殺されるかとヒヤヒヤしたものね」

カマールの目を思い出すだけでゾッとする。ひとつ間違えれば、廃棄処分(海峡行き)を進言される可能性だってあった。勝算があったとはいえ、我ながらギリギリを攻めたと感心する。しばらくは、ああいうやり取りは遠慮したいものだ。

「本当に腹が立つ」

母后用人カマール。

私を攫(さら)って奴隷に落とし、故郷が滅ぶきっかけを作ったかもしれない男……。

あの男に大きな顔をされるのは非常に不愉快だった。牽制(けんせい)のひとつでもしてやりたい。

「ねえ、宦官長(かんがんちょう)から宵闇宦官(ゲジェ・ハディム)を側近に置いてくれって話があったわよね」

「あ、あったけど。ライラー！　まさか……」

「受けましょう」

「ひいっ!?」

デュッリーは「ますますカマール様に睨(にら)まれるじゃない！」と青くなっている。

「大丈夫よ。ファジュル様には今回の件へのお礼を兼ねて、熱～い気持ちをしたためた恋文を出すつもり。そこにこう書くの。宦官の対立において、私は中立の立場を取ります。宵闇宦官を受け入れるのは、宦官長に何度も請われたから〝仕方なく〟だって」

「黎明宦官(サファク・ハディム)のカマール様がどう思われるか……」

「ものすごく怒るでしょうね。ざまあみろだわ！」

「ただの嫌がらせ!?」

「そう！」

最高に楽しい。

これで、少なくとも宦官の派閥争いには、いちおうの決着がつくはずだ。

ニコニコしている私とは対照的に、デュッリーは疲れ切っている様子だった。

「大丈夫？　この程度で動揺してたら保(も)たないわよ」

「どういうこと……？」

「改革が実行されたら、確実にハレムは変わる。だって完全実力主義よ？　いままで放置されてきた淀(よど)みが一気に噴出するだろうし、落ちこぼれた人間はきっと私を恨むはず」

いままでのハレムは、良くも悪くも、女奴隷たちの間にそれほど優劣の差はなかった。

これからは違う。上手(うま)く立ち回れない人間は見る間に落ちこぼれていくだろう。

そういう人間はたいがい問題を起こす。一気に膿(うみ)を出す好機だ。

「危害を加えられそうになったらどうするつもり？」

「蹴散らすだけよ」

自然と口もとがほころぶ。

「荒れた庭は手入れしなくちゃね？」

そんな私を、デュッリーは怯（おび）えきった顔で見つめている。

「怖い。怖すぎる。発想が物騒なのよ！　なんで自分に悪意が向くかもしれないのに、ウキウキしてるわけ!?　いまさらだけど、私の主人ってライラーでよかったのかしら。でも稼げるのよね！　すっごい稼げるから許せちゃう！　ああもう。やるしかないのよ!!」

どうやら、デュッリーも覚悟が決まったようだ。

ご機嫌なまま新たな菓子に手を伸ばす。しかし、甘そうな菓子しかないのに気がついて、和の国のしょっぱいお菓子が食べたいなあ、なんて思った。

＊

実際に改革が始まると、ハレムはにわかに活気づいた。

知者を目指し、私の派閥の女奴隷たちを中心に、様々な分野の教養を身につけていく。

イクバルの座を狙う女たちで殺伐としていたハレムが、なんだか学び舎（まなびや）のような雰囲気になっていった。ほとんどの女奴隷が、改革を快く受け入れてくれたからだろう。

女性蔑視が強いダリル帝国において、周りの目を気にせずに学べる環境は非常に貴重だ。

多くの女性たちが共に切磋琢磨していく姿は清々しく、見ているこちらまで頑張らねばならない気分にさせられる。

すべては順調に進んでいた。ご機嫌うかがいの数も目に見えて減っているし、優秀な人材が想定よりも多かったのも嬉しい誤算だった。政では、なにが役に立つかはわからない。教養に縛られる必要はないかもしれないと、とにかく〝なにかの分野に特化して抜きん出ている〟人財の育成に励む。刺繍に縫製、声楽や舞踏などの元々ハレムで必要とされていた技能。花の生け方、嗜好品の目利き、心と身体を癒やすマッサージの仕方、社交で映える化粧の方法。あらゆる方面の才能を高め、知識を深めていく。

いずれ、彼女たちの才能が開花したら、なにかの役に立つかもしれない。

ここで学んだことは、なにひとつ無駄にはならないはず。

これから長い人生を歩んでいく彼女たちにとっても。

帝国や――いまだ盤石な地位を築けていない、アスィールにとっても。

そして、予想どおりに問題が噴出した。

原因はもちろん、改革についていけずに落ちこぼれた女奴隷たちだ。

頭角を現していく仲間たちをよそに、自分たちの不勉強を認めずに徒党を組むようになった。気に入らない人間に難癖をつけて貶める。人の失敗を挙げ連ねて吹聴する……。

ニスリーンもそのひとりだ。

彼女たちの不満は、ある人物に集中するようになった。

「ヤーサミーナ！　この役立たず！　アンタの居場所なんてハレムにないのよ!!」

「アンタがいるだけで気分が悪くなるの。消えてくれる？」

これは私にとっても想定外だった。てっきり改革の発案者である私が反感を買うのかと思っていたのに、女たちの不満の矛先は、ハレム内での評価が地に落ちていたヤーサミーナに向かってしまったのだ。

──ああもう。なんでこう思いどおりにいかないのよ。

「デュッリー、いままで以上にヤーサミーナを気にかけてあげて。目の届くところに置きたいわね。私の衣装係はどうかしら。潰されたらたまったもんじゃないわ」

「それはいいと思うけど……受け入れるかしら？　ヤーサミーナはライラーを嫌ってる」

「……それはそうなんだけど」

彼女が私を毛嫌いするのは当然だった。ヤーサミーナが落ちぶれてしまった直接の原因は、他でもない私なのだから。それでも、彼女を諦められない。無理やり庇護下に置いて、接触を試みてみたものの……。

「同情はやめて。どうしてあの時、わたしを死なせてくれなかったのよ‼」

そんな言葉を吐かれて、逃げ出されてしまう始末。

――無性に腹が立って仕方がない。

ここぞとばかりに、弱い者いじめをするニスリーンたちにも。

自分の価値にまるで気付いていないヤーサミーナにも。

「なんなのよ。こうなったら、思い知らせてやろうかしら。周りにも、本人にも」

意気込む私を、デュッリーが引きつった顔で見つめていた。

「ライラー。やりすぎないでよ。少しくらいは手加減してあげて」

「それくらいわかってるわ」

「うっわあ。まったく信用ならない」

困惑気味なデュッリーの声を聞きながら、遠くを見る。

改革が始まったばかりのハレムには、夜明け前のように静謐(せいひつ)な空気が流れていた。

# 閑話　元イクバルは逃げ出したい

冗談じゃないわ。冗談じゃないわ。

ライラー。わたしを負かしてアスィール様からの寵愛(ちょうあい)を奪った女。

どうしてわたしに構うのよ。


わたしはヤーサミーナ。かつて皇帝(スルタン)アスィールの寵愛を一身に受けていた妾(ジャリエ)だ。

少し前まで、ハレムの女たちは、わたしに畏怖と羨望の眼差(まなざ)しを向けていた。

なのに——ライラーが現れたとたん、わたしの世界は一変する。

それもこれも、思い上がった挙げ句にライラーに刃(やいば)を向けてしまったからだ。

たった一度の過ちが、わたしの人生を劇的に変えた。それこそ極刑に値する過ち。

だというのに——どうしてか命拾いしてしまったのだ。

「その澄ました顔を見るたびにイライラするの。ねえ。わかるわよね？」——

私の側付(そばづ)きだったニスリーンは、会うたびに悪意のこもった言葉を投げかけてくる。

あの女は、わたしの凋落(ちょうらく)に巻き込まれ、イクバル付きの女中(カルファ)の地位を追いやられた。いずれは自分もイクバルにと夢見ていたのに、元々わたしの関係者だったというだけで、母后(ヴァリデ・スルタン)からの覚えは最悪だった。イクバルへの道は閉ざされてしまったも同然だ。だから、わたしを恨んでいる。

「アンタさえしくじらなければ！　目障りなの。いますぐ消えてよ！」

なにを言われても、じっと黙って耐える。反抗なんてしない。できることなら、わたし自身も消え去りたいと思っているからだ。ハレムにわたしの居場所はない。

……皮肉なものだわ。少し前までは、居心地がよかったのにね。

どうしてこうなってしまったのだろう。どこで間違ったのだろうか。

アスィール様に愛されていると誤解した時？

ただの農民の娘の癖に、母后になれると思い上がった時だろうか？

なんにせよ、わたしは間違った。決定的に間違ってしまった。かつて、誰よりも強気で傲慢だったヤーサミーナはもういない。苦しかった。辛(つら)かった。でも——自死を選ぶほどの度胸はなくて。できることと言えば、年季明けまで息を潜めて生きるだけ——

なんの目的もない。胸にぽっかりと穴が空いたような気分だ。慰めてくれる人間はどこにもいなかった。イクバルとして権勢を誇っていた頃、わたしに擦り寄ってきた女たちはみんな去ってしまった。あんなにわたしに媚(こ)びていた癖に！

人は変わる。変わってしまう。こうも簡単に。

それなのに――

「ヤーサミーナ、私の側に仕えなさい」

ライラー。わたしにとって宿敵と言える女だけは変わらなかった。相も変わらず、アメジストのような瞳でまっすぐ見つめてくる。そこに蔑みや同情の色はない。

極刑が確実だと思われていたわたしを救ったのは、信じがたいことにライラーだった。側付きにすると言い出し、母后から許可をもぎ取り、実際に側に置いた。

なんなの。わけがわからない。わたしは無能なの。あなたみたいに立ち回れない――だから勝負に負けたのに！

「ねえ、率直な意見をくれるかしら」

ライラーは他の女中と同じように、分け隔てなくわたしと接する。特別扱いするわけでもない。ただただ、ひとりの人間として扱ってくれる。

ニスリーンに虐げられている私を、庇(かば)おうとさえしてくれた。

「なにしてんの。その子はうちのよ！　喧嘩(けんか)なら私が買うけど!?」

私が虐(いじ)められていると、ライラー付き女中のデュッリーがすっ飛んでくる。

「文句があるなら、ライラー様のところに直接言いに来るのね！」

堂々とそう言い放つ姿は、いっそ清々しいくらい。

おかげでニスリーンに絡まれる頻度は減った。いまは遠目で睨みつけられる程度だ。

正直、ホッとした。悪意をぶつけられるのは、わたしだって辛いもの……。

デュッリーを寄こしたのは、ライラーに違いなかった。

助かったとは思っている。でも……素直に好意に甘えられなかった。

「同情はやめて。どうしてあの時、わたしを死なせてくれなかったのよ‼」

敵だった相手に庇われるなんて！　弱い立場になった自分が惨めで仕方がなかった。

なにを企んでいるの。また、わたしを蹴落とそうとしているの？　ううん。いまのわたしにそんな価値はないわ。だからこそ、ライラーの本心がわからなくて混乱した。

――もう二度とあんな惨めな思いはしたくない。

味方なんてどこにもいないのだ。無事に年季明けを迎えるためにも、自分の身は自分で守らなければならない。

密かに決意を固めたわたしは、ライラーの真意を見極めようと彼女の観察を始めた。

ライラーの朝は早い。

下手をすると側付きよりも早く起きて、中庭で体を動かすのが日課だった。

「まあた、朝っぱらから棒を振り回して」

筆頭女中のデュッリーが呆れている。ライラーに悪びれる様子はない。

「ええ？　鍛錬は大切でしょ。西洋風に言えば、淑女の嗜みって奴？」

「それってどこの淑女の話よ。動きが物騒なのよ。その棒で誰を倒すつもり!?」

「槍術なんだから、敵に決まってるでしょ。いつ何時攻められてもいいように備えなくちゃ。私、槍がいちばん得意なのよね。体格差のある相手とも渡り合えるし」

「ここはハレムよ!?　攻められる予定はないんですけど!?」

「アッハッハ。油断は禁物よ、デュッリー！　可能性がないとは言えないもの！」

「ねえ、アンタの祖国って修羅の国かなんかなの？　発想が怖いのよ！」

――本当になんなのかしら。この女……。

ライラーは、極東の国で為政者の妻となるべく育てられた姫君だったそうだ。

どうりで母后が催した勝負で負けるはずだ。そもそもの生まれが違う。

だからこそなのだろうか。彼女は凡人には理解できない発想をすることがあった。

「まあまあ。鍛錬くらい大目に見てよ。普段から体を動かしていないと、相撲で負けちゃうかもしれないしね！」

——スモウ。スモウってなに？

どうやら体を動かすだけが目的ではないようだ。

スモウとはなんだろう。デュッリーに訊ねると、とんでもない答えが返ってきた。

「寝所でのアレよ。こう……体と体をぶつけ合うアレ！　恥ずかしいから聞かないで！」

真っ赤になって、しどろもどろに答えるデュッリー。

瞬間、スモウの正体に思い当たって困惑した。

——は、破廉恥だわ!!

まさか、アスィール様との閨に備えた訓練をするなんて……！

どういうこと。えっ？　どこを鍛えるの？　鍛えないとマズいの？　負けるってなに。

閨で勝負してるの？　普段、どれだけ激しいプレイを……ゲホンゴホン!!

体がカッと熱くなって、どうにも居たたまれなくなった。

——閨ですら手を抜かない。なんて恐ろしい女。これがわたしたち庶民との違い……！

ライラーのおかしな部分はそれだけじゃなかった。

「ダーリヤ。具合はよくなった？　ナイーマ！　またあなたの料理が食べたいわ」

ハレムの女たちによく声をかける。近しい人間だけじゃない。自分の派閥以外の女奴隷の名前や出身地を覚えて、雑談を仕掛ける。取り入ろうとする女もいるけれど、媚びや見え透いたおべっかは取り合わない。あくまであなたに興味があるのだと笑顔で接するのだ。

「ライラー様って太陽みたいな方ね」

「本当……！　私、話しかけられるとドキドキしちゃって」

「わかるわ！」

結果、ハレムの女たちは次々とライラーに陥落していった。

当然だろう。立場が上の人間が、自分という個を認めて話しかけてくれるのだ。

ファジュルという絶対的な存在が鞭(むち)だとすれば、ライラーは飴(あめ)だ。ファジュルが厳しければ厳しいほど、ライラーの優しさが際立つ。誰もが彼女に惹(ひ)かれていく。

しかも、ライラーは信じられないほど勤勉だった。

ハレム内に私設図書館を設立して、私財で片っ端から本を買いまくる。

「ウフフ！　散財って癖になりそうだわ」

「その発言はどうかと思うわよ？」

呆れるデュッリーをよそに、ここぞとばかりに大量の本を読(よ)み漁(あさ)っていた。

もちろん、自分のことだけに終始しない。女たちの訴えによく耳を傾け、揉(も)めごとがあれば仲裁に入り、知らないことがあれば上下関係を気にせずに学び取ろうとする。

「素晴らしいわ。その観点は私にもなかった！」

そして、よく褒めるのだ。どんなに些細なことでも、相手の優れた点を見つけ出す。その上で、優れた点を吸収しようと学びの姿勢を見せるのだ。

ハレムでの改革が始まってから、すでに一ヶ月ほどが経っている。何人もの女奴隷たちが頭角を現し始めていたが、実際のところ最も成長したのはライラーだろう。

――わたし、とんでもない人を相手にしていたのかも。

勤勉さについては、誰にも負けないという自負があった。次期母后を目指し、必死になって地理や歴史を学んだのは記憶に新しい。だからこそファジュルに見いだされ、イクバルの地位を得ることができた。

だが、貪欲さについてはライラーに遠く及ばない。

わたしには〝母后になる程度なら、これくらいでいいだろう〟という油断があった。

ライラーの知識欲は天井知らずだ。いったいどこまで行くつもりなのか。

――ああ。なんてこと。

支配階級の女は、なにもせずに豊かさを享受するだけの生き物だと思っていたのに。

実際、わたしが生まれ育った土地ではそうだった。貧困に喘ぐわたしたちをよそに、豪奢な馬車に乗って通り過ぎていく貴族を何度憎らしく思っただろう。

でも、ライラーは違った。まったくの別物だ。

彼女の立ち居振る舞い、品格、知識は確かな努力に裏付けされている。

「わたしも、こうならなくちゃいけなかったのね」

上に立つ人間はかくあるべし。

見本ともいえる姿を見せつけられているうちに、そんな風に思うようになった。

わたしだってイクバルだったのだ。

母后になるのだと意気込むよりも先に。贅沢をしたいと夢見るより前に。

誰かの上に立つという意識を持つべきだった。

「最初から勝てるわけがなかったんだわ」

ライラーを観察しているうちに、強ばっていたわたしの心は少しずつ解れていった。

彼女がわたしなんかを陥れるはずがない。

自分はこんなにも矮小で、凛と立つライラーの視界に入っているかすら危うい。それがなんだか悔しくて。けれど、そんなライラーの姿がとても眩しく思えた。

「わたしも努力すれば、ああなれるのかしら」

品格は後からでも学べるらしい。努力すれば変われるかもしれない。都合のいいことに、学ぶための環境は以前よりも整っていた。これもライラーのおかげだ。

「ねえ、ファジュル様のお茶会に着ていく衣装。それでいいの？」

気がつけば、ライラーの側付きとして懸命に働くようになっていた。

「なによ、私が選んだ衣装に文句があるっての!?」

「文句じゃないわ。当然の指摘よ。季節感がまるでないじゃないの!」

デュッリーとは衝突する機会が増えたけれど、それだって楽しい。

少し前まで、私は母后を目指していた。いまはどうだろう。母后になって贅沢三昧に明け暮れるより、ライラーのように前を向ける人間になった方がいい気がしている。

――もう二度と過ちを犯さない。

少しずつでもいい。信頼を積み重ねていけばきっと――

ライラーなら、わたしの努力を認めてくれるはずだ。

――とはいえ。

「うっふふふ。美味しくな～れ」

朝っぱらから〝ぬか漬け〟とかいう、汚物入りの壺をコソコソかき混ぜる姿や、

「しょっぱいお菓子がほしい! もち米。もち米と醤油を探してデュッリー……!」

「はいはいはい。わかったから、甘いお菓子で我慢して」

「我慢できないから言ってるの!! いますぐお煎餅を食べないと死ぬ!」

和の国の菓子がほしいと駄々をこねる姿、

「生臭いと思ったら！　なんでいきなり庭で魚を干し始めるの⁉」

「だって、干物が食べたかったんだもの。美味しいわよ！　一夜干し」

庭にこしらえた干し棚に、捌いた魚を並べ始める姿はちっとも理解できないけれど。

「美味しいご飯さえあれば、どんな時だって頑張れるのよ！」

――あれでけっこう食い意地が張ってるのよね……。

ライラーは為政者として正しいだけじゃない。こんな側面もあるのだ。

信じられない。本当に変な女だった。

――まあ、そこがいいんだけどね。

# 三章　和の国の姫君、発破をかける

ファジュルと約束した二ヶ月が経とうとしていた。

改革は順調に進み、着々と成果が表れ始めている。女奴隷たちは、様々な知識を貪欲に吸収していき、時に私でさえ舌を巻くほどの教養を披露する。

ヤーサミーナも同様だ。

私の目が届く場所に置くようになってから、彼女へ悪意を向ける人間たちは手出しができなくなった。おかげで、元々あった実力を遺憾なく発揮するようになったのだ。

次期母后(ヴァリデ・スルタン)を目指し、誰に言われずともたゆまぬ努力ができていた人間だ。

じゅうぶんな環境さえあれば、頭角を現すようになるのは当然である。

教養という明確な物差しができたせいか、女奴隷たちの間でのヤーサミーナへの評価はうなぎ登りだ。私自身が彼女を側に置き、働きを認め続けた影響もあるのだろう。

筆頭女中であるデュッリーと真っ正面からやり合うヤーサミーナの姿に、みな一目置くようになり、この調子であれば知者(ビルギ・アダム)に認定される日も近いのではないかと思われた。

しかし、ことはそう簡単にいかない。

改革は薬にもなれば、毒にもなる。日の当たる場所に躍り出た者がいれば、闇に沈む者もいるのだ。昏い場所に追いやられた人間が、最も輝かしい成果を出した人間に、持て余した感情を向けるのは当然の流れだった。


ある日の昼過ぎ。

自室でのんびりくつろいでいた私は、とある人物の訪問を受けた。

ニスリーンだ。彼女はふたりの取り巻きを引きつれ、私にこう訴えかけた。

「ヤーサミーナがライラー様の装飾品を密かに売り払っています！」

「それは本当なの？」

眉をひそめた私に、ニスリーンは神妙な顔で答えた。

「つい最近、窃盗事件が起きたとうかがいました」

「ええ。私の装飾品がいくつか行方知れずになったと聞いたわ。その犯人がヤーサミーナだって言いたいの？」

「そうです！　ハレムに出入りしている商人を通じて金に換えていたんですよ！」

ニスリーンはこの二ヶ月でずいぶんと痩せこけていた。目もとは落ちくぼみ、濃い隈ができている。青白い顔をした彼女は、興奮気味に目をギラつかせて続けた。

「私、彼女が商人とやり取りしていたのを見たんです！」

すかさず取り巻きも参戦する。

「お仕えする方の私物を売り払うなんて！　あれだけのご恩を受けておきながら……。やはりあの女を側に置くべきではなかったのですわ！」

「ライラー様、どうかあの女を処分してくださいませ！」

「……処分、ねえ」

ちらりとニスリーンの表情をうかがう。

「ヤーサミーナを殺せってことかしら」

あえてはっきりと口に出す。

〝再び問題を起こした場合は極刑〟。それは、ヤーサミーナの助命を嘆願した時に、母后から課せられた条件だ。人ひとりの運命を左右する恐ろしい枷(かせ)。なのに――

「それが、あの女にとってふさわしい末路ですわね」

ニスリーンは、まるで気にした様子もなく肯定した。

「………。それで、肝心のヤーサミーナはどこに？」

湧き上がる嫌悪感を抑えながら訊(たず)ねると、ニスリーンは軽く肩をすくめた。

「罪を認めろと声をかけたのですが、ろくに反論もせずに逃げ出したんです」

「これって肯定したのも同然ですわよね！」

「見事な逃げ足でしたわ。それで確信しましたの！　あの女が犯人なのだと」

三人は顔を見合わせると、ニスリーンが得意げな顔で口を開いた。

「まさか、恩を仇(あだ)で返したヤーサミーナを許しはしませんわよね？　捕まえましょう。わたくしたちが手伝って差し上げます」

〝しょうがないですから〟と、いつもの様子でニスリーンが語っている。

「……そうね」

小さく息をこぼして部屋の中を見やる。

「まずは事実関係を明らかにするべきでしょうね」

視線を止めたのは、ひとりの宵闇宦官(ゲジェ・ハディム)だった。

「ワリード」

「はい」

声をかけると、ワリードは柘榴色(ざくろいろ)の瞳で私を見つめた。

夜更けの空と同じ色の肌を持つ宦官(かんがん)だ。焦げ茶色の髪に、大きな瞳、薄い唇。長身で、細身ではあるが肉食獣を思わせるしなやかな肉体を持っている。無口で、周囲にあまり気配を感じさせないこの宦官は、宦官長から側近として紹介された人物だ。カマールへの当てつけに受け入れたのだが、なんだかんだと重宝している。

「調査を命じます。なるべく早く頼むわね」

「かしこまりました」

ワリードが音もなく去っていく。

彼の姿が見えなくなるのを待ってから、ニスリーンたちに向かい合った。

「まずは報告を待ちましょう。ヤーサミーナを罰するのはそれからでいいと思うわ。どうせハレムからは出られないもの。焦る必要はないでしょう」

ニスリーンたちひとりひとりを見つめる。ニコリと笑みを浮かべて言った。

「貴重な情報をありがとう。助かったわ。またなにかあったら頼らせてもらうわね」

「〜〜〜ッ！　光栄ですわ。幸運な妾様(イクバル・ジャリエ)！」

キャッキャとはしゃぐニスリーンたちを眺めつつ、こっそりため息をこぼす。

暗澹(あんたん)たる気持ちになりながら、そっと遠くを見やった。

＊

「あからさますぎるわよ！　どう見てもヤーサミーナを陥れる気満々じゃない！」

ニスリーンたちが辞した後、人払いをすませる。

部屋に誰もいなくなったとたん、デュッリーが興奮気味に叫んだ。

「ずいぶんと追い詰められているみたいね」

「そりゃそうよ。あの三人ったら、改革に乗り遅れた筆頭みたいなものだし。お勉強以外で出世しようと必死なのよ」

「それであんなことを言い出したの？」

「そうよ。ヤーサミーナを人柱にして成り上がろうとしてるの!!」

落ちこぼれてしまった彼女たちからすれば、頭角を現し始めているヤーサミーナが目障りなのだ。だから罪を被せようとする。ついでに、窃盗犯を見つける手伝いをしたら、お礼に母后への紹介でも強請るつもりなのかもしれない。

ヤーサミーナどころか、私をも上手く利用してやろうという思惑が透けて見える。

傀儡がごとく自在に扱えるはずと、いまだに私を侮っているようだ。

「いい加減にしてほしいわね」

改革が始まってから、私を利用しようとする人間は少なくなった。

別の方法で成り上がる方法が確立できたからだ。寵姫に擦り寄る必要性は減っている。

だが、まったくいなくなったわけではない。一部からは、相変わらず〝慈悲深い女〟扱いである。ニスリーンもそうなのだろう。だから穴の多い計略を企てた。

失敗しても、私なら許すだろうと甘く見ているのだ。いったん広まってしまった印象は、そうそう簡単に払拭できるものではないが、こんな形で影響が出るなんて。

——そろそろ、けじめをつけるべきね。

実害が出始めた以上は放置なんてできない。それに、自分の欲のためにヤーサミーナの命を生贄に捧げようとするニスリーンの姿勢にも腹が立っていた。

「そもそも、ヤーサミーナが盗みをするはずがないわ！」

興奮が醒めやらないデュッリーに、思わず苦く笑った。

「ずいぶん仲良くなったのね？　前は顔を突き合わせるたびにいがみ合っていたのに」

意外に思っていると、デュッリーはほんのり頰を染めて目を逸らした。

「べ、別に仲がいいってわけじゃないわ。ここしばらく一緒に仕事していたから」

複雑そうに眉根を寄せる。まっすぐに私を見つめてデュッリーは断言した。

「確かに、以前のヤーサミーナは高慢ちきで鼻持ちならない奴だった。でも、いまは違う。そういうことをする人間じゃない。ライラーだってわかってるでしょう⁉」

近ごろ親しくしていたせいか、情が移ってしまったようだ。

必死に訴えかけてくる彼女に「ワリードの調査が終わるのを待つわ」と答えた。

「なによそれ。ヤーサミーナを信じてないの」

「そうじゃない。私の立場ではなにも言えないだけ」

為政者は、情に絆されて真実を見失うなんて赦されない。

だからこそ、肯定も否定もしなかった。個人的な希望を安易に言葉にはできない。誰に聞かれているか、わからないからだ。無責任な発言は命取りなのである。ただそれだけの理由だったが、デュッリーには理解が難しいようだった。

「冷たい。ライラーってそんな人だったの？」

「想像にお任せするわ」

責めるような口調に、思わず笑ってしまった。

デュッリーの横を通り抜け、自室を出ようと歩き出す。

「どこへ行くつもり？」

「ヤーサミーナに会ってくるわ。話を聞きたいの」

「……まさか、本気であの子を疑ってるわけじゃないわよね？」

失望が入り混じった、希うような声。

――ああ。このままじゃいけない。

くるりと振り返ってデュッリーを正面から見つめた。

「そうだ。無事に改革が達成できたら、自分用のご褒美を買おうと思ってるんだけど」

「……え？」

「衣装にするか、宝飾品にするか、ちっとも決まらないのよね。あなたとヤーサミーナに任せてもいい？　自分たちのものも一緒に買っていいから。構わないわよね？」

唐突に未来の話をし始めた私を、デュッリーはキョトンと眺めている。

「急になにを――？」

ぱちぱちと目を瞬(まばた)いた後、「あっ！」と、ようやく呆(あき)れたように笑み崩れた。

「あの子が犯人じゃないって、わかってんじゃないのよ。もうちょっと素直になれないの。本当に面倒くさいわね！」

誰よりも私を理解してくれる側近の罵倒に、思わず噴き出してしまった。

「ごめんね。こういう生き物なの。じゃあ、行ってくるから！」

私はヤーサミーナの姿を捜して歩き出した。

＊

そろそろと夕闇の気配が忍び寄る中庭の隅に、捜し人はいた。

誰も近寄らない荒れた花壇の側で立ち尽くす銀髪の女性は、ヤーサミーナだ。

目もとは涙で濡(ぬ)れている。グスグスと鼻を鳴らしていた彼女は、私の存在に気がつくと、くしゃりと顔を歪(ゆが)めて後ずさった。

「……来ないで」

怯(おび)えの色を浮かべたヤーサミーナに「どうして？」と首を傾(かし)げる。

ヤーサミーナは眦(まなじり)をつり上げると、ひどく苦しげな顔で私を睨(にら)みつけた。

「わたしを殺すつもりなんでしょう？」

「どうしてそう思うの」

「ニスリーンが言いつけに行ったのはわかってるの！　わたしが盗んだって」

「あなたが私の装飾品を盗んだの？」

「そんなわけない！　盗んだのはアイツよ。自分の立場を悪くしたのはあなただから、当然の権利だって……。わたしは咎(とが)めようとしたの。そしたらッ」

「逆に犯人に仕立て上げられたってわけね」

想像していた以上に、ニスリーンの質(たち)が悪い。

――あの子の悪意、ちゃんと私にも向かってたのね。

「わかった。話を聞かせてくれて助かったわ。この件は私が預かる。調査の結果が出れば、おのずと答えが導き出されるはずよ」

「……なんでよ⁉　わたしの言葉をそのまま信じるつもり⁉」

「え」

予想外の言葉を投げかけられて、キョトンとしてしまった。

目を真っ赤に染めたヤーサミーナは、怒りのあまりに唇を震わせている。

「馬鹿じゃないの。もっとわたしを疑いなさいよ。上に立つ人間なんでしょ！」

真珠のような涙をこぼし、それでもなお顔を上げたまま彼女は言った。

「わたしはアンタを殺そうとした人間なの。簡単に信じたら駄目よ‼」

自分は信用に値しない。

だから疑えと訴える姿に、腹の底から歓喜が湧き上がってきた。

――やっぱりいいわね。

脳裏には、ハレムで初めて出会った頃の、ヤーサミーナの姿が思い浮かんでいる。

傲慢な態度で私を脅し、ろくでもない取り巻きを引きつれていた。

それでも、いつだって彼女の主張はまっすぐだ。敵にならないなら身内にしてあげると誘うくらいには〝裏〟がない。母后が催した勝負の時だってそうだ。嫌がらせくらいはしてもいいはずなのに、実力で勝負を仕掛けてきた。

こういう人間はとても好ましい。

だから、母后に無理を言ってまで側に置きたいと思ったのだ。

「なんで駄目なの？　冤罪なんでしょ？」

「そっ……それはそうよ！　わたしはやってないもの」

「じゃあ、胸を張っていなさい」

クスクス笑っていると、ヤーサミーナはギュッとなにかに耐えるような顔をした。

ぽろり。ひときわ大きな涙が、一粒頬を伝う。

「なんなのよ。同情はやめて。これ以上、わたしを惨めにしないで……」

——まったく。根深い問題だわ。

ヤーサミーナはすっかり自信をなくしている。自分の主張は聞いてもらえないと、頭から信じ込んでいるのだ。

——まあ、半分くらいは私のせいなんだけど。

仕方ないな、と苦く笑う。

意気消沈している側付きを放っておくほど、私は冷たい主ではないはずだ。

「同情するほど暇じゃないんだけどね」

「……ッ！　ならなんで」

「あなたを買っている。それだけだけど？」

「わ、わたしを……？」

「私にとって有用であれば、たとえ敵の間諜だって重用するわ」

呆気に取られているヤーサミーナに、意味ありげに笑んだ。

「だから気にしないで。私があなたを側に置きたいだけなんだから」

「……！」

ヤーサミーナの顔が真っ赤に染まる。

はくはくと口を動かした後、「この人たらしめ」と、なぜか恨み節を吐かれた。

「なんなの。こんなのに勝てるはずがないわよ。同じ人間だとは思えない」

頭を抱え始めたヤーサミーナに笑ってしまう。

反発しきれない感じも可愛いなんて思っていると、ワリードが近づいてくるのが見えた。

いつもどおり無表情な宵闇宦官は、私に一礼すると淡々とした口調で報告する。

「ご希望どおりの結果が出ました」

「………。そう。わかったわ」

ワリードの言葉選びに多少引っかかりを覚えつつも、手を軽く振って彼を下がらせた。

「冤罪確定！　これで遠慮はいらなくなったわけね」

　裏付けが取れたのだから、心置きなく反撃できる！

　ヤーサミーナに満面の笑みを向けた。びくりと身をすくめた彼女に問いかける。

「ねえ、〝直きを以て怨みに報い、徳を以て徳を報ゆ〟って言葉を知ってる？」

「な、なによそれ……」

「怨みには公平さをもって怨みに報い、徳には徳をもって報いろという意味よ。私ね、ニスリーンは自身の行いの報いを受けるべきだと思うの。それと――」

　そっとヤーサミーナの手を握る。瑪瑙の瞳をのぞき込んで言った。

「ヤーサミーナは、してきた努力のぶんだけ報われるべきだわ」

「……！」

　彼女の頬が薔薇色に染まる。瞠目したヤーサミーナに笑顔で続けた。

「あなたをみくびってきた連中を見返してやりましょう。私の役に立ってくれる？」

「そ、そんなことわたしにできると思ってるの」

「得意分野を活かせば簡単だと思うけどね」

「わたしの得意なこと……？」

　自覚がないらしいが、ヤーサミーナには誰にも負けない〝強み〟があった。

それ自体は、母后が催した勝負で彼女自身が証明していたはずだ。

「耳を貸して」

小声で彼女の〝強み〟を囁く。とたん、ヤーサミーナの表情が活き活きとし始めた。

「そうね。それならできるかも」

ブツブツと小声でなにやらつぶやいている彼女に、私は更に続けた。

「次の母后のお茶会で、私はこの二ヶ月の成果を見せるつもり。そこで、あなたという人間を知者に推薦する。改革の成功はあなたに懸かってるの」

「……！」

「できるわね？」

ゴクリと唾を飲み込んだヤーサミーナは、覚悟を決めた様子でうなずいた。

「わかったわ。できる限りのことをする」

ついさっきまで意気消沈していたはずの彼女は、瞳に野望を滾らせて私に凄んだ。

「詳しい話を聞かせなさい。このわたしを認めさせるために！」

その言葉には、かつて意気揚々と勝負を挑んできたヤーサミーナと同じ強さがあった。

# 四章　和の国の姫君、すべてを整える

——私にとっても、ヤーサミーナにとっても運命の日。

ダリル帝国の夏は、どこか和の国に似ている。

強い湿気に高い気温。

ジワジワと汗が噴き出すそんな晴れた日に、私は勝負を仕掛けた。

「ライラーより、最初の知者（ビルギ・アダム）に推薦したい人物がございます」

お茶会の席でデュッツリーが発言すると、ファジュルが興味深そうに視線を上げた。

「改革の成果を見せてくれると聞いていたが……」

「はい」

神妙な顔つきでうなずいたデュッツリーの後ろには、女奴隷が勢揃（せいぞろ）いしている。それぞれが様々な分野に特化した知者候補たちだ。誰もが自信に満ちあふれた顔をしていて、居並ぶ女たちを眺めたファジュルは、くつりと小さく笑った。

「許す。それはどういう人物だ」

「文化を武器に、新たな時流を創(つく)り出(だ)す希有(けう)な能力を持った人物でございます」

ざわざわと、その場に集まった女たちに動揺が広がる。

「武器ってどういうこと……？」

「時流？　新しい価値観を創り出すという意味かしら」

落ち着かない様子の女たちを尻目に、デュッリーは堂々とした口調でこう続けた。

「手始めに、かの人物の仕事ぶりをご覧にいれましょう」

これがデュッリーと決めてあった合図だ。入り口で控えていた私は、頼りになる側付(そばづ)きに誘われるように、ゆったりとした歩調で母后(ヴァリデ・スルタン)へ向かって進み出た。

「……これは……！」

私の姿を目にしたとたん、誰もが固唾を呑(の)んだのがわかる。

「今日のお茶会のために、特別に仕立てた衣装でございます」

上衣(アンテリ)は体形に沿うように作られた短めのチョッキだった。金剛石のボタンがキラキラと存在を主張している。首もとから胸もとにかけて薄い紗(しゃ)で覆われていて、うっすらと肌が透けた夏らしい涼やかな仕立てだ。多種多様な宝石で飾られた腰帯(クシャク)、飾(かざ)り紐(ひも)の先には真珠が縫い付けられ、私が動くたびにゆらゆらと優美に揺れた。ブルサ製の錦織(にしきおり)を使ったズボン(シャルヴァル)、髪は高く結い上げ、銀糸で装飾した頭飾り(タルポク)で留めてある。

それらの仕立てはダリル帝国の伝統に則っている。だが、布地の使い方が違った。

アンテリもシャルヴァルも、二種類の布が左右対称になるように使われているのだ。

一方は白色の絹地だった。もう一方は、翡翠色の天鵞絨に大型と小型のチューリップを配した生地。刺繍は金糸で縫い取られていて、小物類はすべて金色で統一されている。

「素敵……」

席に着くと、誰かが吐息混じりに言ったのが聞こえた。鷹揚な仕草で席に座る。ふわりと長めの袖が揺れた。薄い紗で作られた袖は、どこか和の国の小袖の作りに似ている。

「珍しい仕立てでしょう。私の故郷では、こういった布遣いを〝片身替〟と言います。元は庶民から広まった使い方なんですよ。貴重で高価な裂地はそうそう新調できません。なので、まだ使えそうな裂地同士を継ぎ合わせて、新しい衣装を仕立てたんだそうです。もちろん、今回は布が買えないから片身替に仕立てたわけではありませんが」

衣装に見惚れている女中頭たちに視線を向ける。

「たとえ同じ形の衣装を身につけていても、布の使い方で千差万別に変わります」

美しい衣装に集まる熱心な視線を躱して、今度はファジュルを見やった。

女中頭たちとは違い、母后はどこか冷めた様子で私の衣装を観察している。

「その衣装は、知者の仕事としてどんな役割を果たすのか」

「武器でございます、ファジュル様」

慈しむように布地をゆるゆると撫(な)でる。

「想定する場面は、他国との交渉や社交の場です。〝助言できる側近〟として、彼女は私にこう提案しました。我が国の象徴である三日月を施した布地と、相手方が喜ぶ意匠を施した布地を合わせるのはどうか、と」

「……他国のか。それは融和を目指す場面であれば効果的であろうな」

肯定的な言葉を口にしながらも、ファジュルはどこか不満げだった。当然だ。彼女にとってダリル帝国は大陸の覇者となるべき存在。融和なんて想定外だろう。

もちろん、別の切り口も用意してある。

「融和だけではありません。いろいろと応用できるのですよ。逆に、相手方の意匠を目立たないようにもできます。たとえば、そうですね――。長年、帝国の繁栄の妨げとなっている国があるでしょう？　双頭の鷹(たか)を掲げる名家が治める地が」

「……！」

わずかに目を瞠(みは)ったファジュルに、悪戯(いたずら)が成功した子どものような気分で告げた。

「帝国を象徴する三日月の布地は華やかに。敵方を象徴する鷹をあしらった布地は控えめに。優位性を示すのです。どういう反応が得られるか、楽しみではありませんか？」

「ははっ！」

とたん、ファジュルが破顔した。

「戦争でもふっかける気か？」と、クックッ肩を揺らして笑っている。

「なるほどな。様々な使い方ができるようだ。それに……」

ちらりと女中頭たちの様子を見やる。どこか含みのある笑みを浮かべて言った。

「わざわざ、お前の出身地である極東の文化に準（なぞら）えたのも意味があるのだろう？」

――さすがだわ。もうひとつの意味もちゃんと理解しているのね。

内心感心しながらも、私は新たな一手を見せるために視線をさまよわせる。すると、私の衣装を熱心に見つめている女中頭を見つけた。すかさず彼女に笑みを向ける。

「気に入ってくれたかしら」

「は、はいっ……！」

頬を染めてうなずく彼女に、私はにこやかに言った。

「きっとあなたにも似合うと思うの」

とたん、女中頭が前のめりになった。

「ま、真似（まね）をして仕立ててもよろしいのですかッ⁉」

――来た。

「もちろん」と、力強くうなずく。「ただし」と、言葉を続けた。

「あなたが、私の国の文化が嫌いでなければだけど……」

私の出身地、和の国は帝国から見れば極東の地だ。蛮族だと馬鹿にされたこともある。

だが、女中頭はぱあっと表情を輝かせると、興奮気味に言った。

「嫌いなはずがございませんわ！　素晴らしいです。寛大なお心に感謝いたします！」

すると、我も我もと他の女たちも追従し始める。

「どんな生地を組み合わせようかしら！」

「何色にするか、考えるだけで楽しいわね！」

一気に場の雰囲気が和らぐ。母后の茶会で、ほのぼのとした空気が流れるのは珍しい。

「みなさんの衣装、楽しみにしていますね」

きっと数ヶ月後の茶会には、片身替の衣装があふれているはず——

新しい流行が生まれた瞬間である。

「ライラー。これが〝時流〟を創るということか？」

ぽつりとファジュルがこぼす。

「女たちの心を掌握しておくために、非常に有効な手段だと思います」

しれっと答えれば「違いない」と、ファジュルは納得したような顔をしていた。

「悪くない発想だ。新しい癖に伝統に則っている。奇抜すぎず、実現するのにそう難しくない。しかも、元はお前の故郷の文化だ。誰が流行の発信者か一目瞭然だな？」

「ダリル帝国の文化と、私の故郷の文化を深く知らないとできない仕事ですね」

「まさに。きっと、誰もが真似をしたくなるだろう。同じ仕立ての衣装を身につけた者は、お前に好意的であると表明したも同然……」

これこそが〝時流〟を創るということ。派閥の繋がりを堅固にするのに一役買ってくれる。いつの時代であっても、武器を持たない女性たちが用いてきた戦闘手段だった。

きらりと母后の目が光る。

「ひとつの衣装に複数の意味を持たせるとは。まるで隙がない。これが教養を与えられた人間の仕事か」

「はい。応用もたやすいでしょう。文化への造詣が深く、それを武器に人心を操る。アスィール様の〝助言ができる側近〟としても、知者としてもふさわしいかと」

澄ました顔で返事をして、瞼を伏せて頭を下げる。

「この人物を一人目の知者に推薦したく」

ファジュルは楽しげに口の端を歪めた。

「こんな人材がいたとはな」

「ええ。彼女はアジェミですが、非常に有能ですよ」

背後に目を遣（や）る。デュッリーたちが道を空けると、ひとりの女性が姿を見せた。

「ご紹介します。ヤーサミーナです」

「「……！」」

銀髪の美女が現れたとたん、場の空気が一気に凍り付いた。

誰もが理解しているからだ。

ヤーサミーナが、かつて母后から死を賜りそうになるほどの不興を買ったことを。

「……ふざけるなよ」

母后の機嫌が急落していく。

「咎人（とがにん）をアスィールに近づける地位に据えろと？」

チリチリと肌がヒリつくほどの圧迫感。

だが、恐れることはない。私はまっすぐに母后を見据えた。

「難しいというのであれば、いままでどおり私のもとへ置いておきます」

「なぜだ。どうしてそこまでする。その女にそれほどの価値があるとは思えない」

疑問を呈したファジュルに、私は堂々と言い放った。

「ヤーサミーナは私に足りない部分を補ってくれるからです」

「お前に足りない部分などあるまい」

「まさか。足りない部分だらけです。化粧や装飾品、流行なんてものはさっぱり。私に〝時流〟は創り出せません。そういう感覚が養われていないのですよ」

私の故郷は都から遠く離れた山間にあった。

しかも、和の国はまさに戦国時代だ。おいそれと領地の外になんて出られない。同世代の姫との交流すらままならない日々。そんな私がどうやって流行を知れようか。

和の国においての流行の発信地はいつだって京の都だ。〝時流〟を創り出すのは、帝のお膝元にいる貴族の子女たち。私は、こういうものが流行っている〝らしい〟という噂を聞くくらいだった。

「ですが、ヤーサミーナは違います。彼女には私にはない感覚がある」

ヤーサミーナはいっそ憐れなほどに青ざめていた。震える彼女を励ますように肩を抱く。縋るように私を見つめる瑪瑙の瞳に優しく笑いかけた。

「自身を飾るという点において、ヤーサミーナ以上の人材を知りません。先日の勝負では私が勝利しましたが、彼女がファジュル様の意図を正しく汲めていたら勝機はなかった」

あの時、目にした光景はいまも忘れられない。他国から取り寄せた、流行の最先端をいく甘味や衣装……。茶会の主として、誰もが魅力的に思う品々を用意したヤーサミーナは、一瞬でその場にいたすべての女たちの視線を釘付けにし、味方につけていた。

簡単なようで誰にでもできることではない。商人のいいなりになって、なんでも取り寄せればいいわけではないのだ。なにをどう選ぶかは、すべて彼女の感性にかかっている。

母后が出した課題から考えれば、間違った振る舞いではあった。

しかし——女たちの関心を引くという点では実に正しい。

これこそが〝時流〟を創れる人間なのだと、見せつけられたような思いだった。

「そこまで認めるか」

「当然でしょう。ヤーサミーナが教養を得る前で命拾いしました」

ニコニコ笑って、ぐいっとヤーサミーナの腰を抱き寄せる。

「ひゃあっ！」頓狂な声を出した彼女を放置して、母后へ挑戦的な視線を向けた。

「この才能は捨てるに惜しいです。知者が無理ならば、私のものにしますが」

「……別に構わぬが」

ファジュルは、どこか冷めた視線を私たちに寄こした。

「最初から、そうするつもりだったのではないか？」

「どうでしょう。今日の目的は、あなたが不要だと断じた人間の価値を認めていただいた上で、改革の有用性を示すことでしたから」

「どのみち同じであろう」

「海に捨てなくてよかったでしょう？」

奴隷は使い捨てない方がいいのだと、言外に匂わせる。咎められたと理解しただろうに、〝納得感のある理屈〟にすでに屈しているファジュルは、眉をひそめるだけに止めた。

「まったく。わたくしにこんなに好き勝手言えるのはお前くらいだ」

ファジュルは、じいっとヤーサミーナを見つめた。

「海に沈めた方がよいと思っていたのだがな」

びくりと身をすくめたヤーサミーナに、わずかに目もとを緩めて言った。

「教育とは人を変えるらしい。よいだろう。これからもお前の側に置くことを許す。手綱はきちんと握れよ。将来的に信頼に足ると判断できたなら、知者への昇格も考慮しよう」

「「……!!」」

ヤーサミーナと顔を見合わせる。

「「ありがとうございます！」」

「知者にふさわしいと思う他の人物の選考も進めておけ。励めよ」

ファジュルの言葉に笑みがこぼれる。

これからも改革を続けていいと、認めてもらった瞬間だった。

——さあ。まずひとつ片付いた。

残る問題は、仕掛けた餌に獲物がかかるのを待つだけである。

そう思っていると、

「お待ちください！」

なんとも絶妙な間で、女の声が辺りに響いた。

＊

「……なに用だ」

母后の機嫌が急変するのがわかる。

一気に冷え込んだ空気の中、怯え（おび）の色を浮かべながら闖入者（ちんにゅうしゃ）は言った。

「どうぞお考え直しください。その者は罪人なのです！」

茶会に乱入してきたのは、ニスリーンと取り巻きのふたりだ。

彼女たちはズカズカと近寄ってくると、私に責めるような視線を向けた。

「ライラー様、どうしてなのですか！　ヤーサミーナの罪は明らかにしたはず！」

「なのに、こんな場所に連れ出して、あまつさえ知者への推薦など……！」

「なんの話だ。説明しろ」

状況を摑めていないらしい母后に、私はヤーサミーナの疑惑を説明した。

「私の持ち物の中から、いくつか装飾品が消えたのです。彼女たちは、それをヤーサミーナが盗んだのだと主張しています」

「――ほう？」

ファジュルの瞳が剣呑な色を帯びる。ジロリとヤーサミーナを見やった。

「次はない、と言ったはずだが」

「ひっ……」

ヤーサミーナが私にしがみつく。カタカタと震えている彼女の耳もとで囁いた。

「……大丈夫。あなたは私の側付きなのよ。堂々としていなさい」

小さくうなずいた彼女に笑みを向ける。私は平静を装って周囲を観察した。

先ほどまでの穏やかな空気はどこへやら。ファジュルの不機嫌さにみな怯えている。恐怖に支配され、母后の部屋に闖入者が乱入した不自然さに気がついていないようだ。

普段ならばぜったいにあり得ない。入り口は宦官によって厳重に警備されている。

ワリードが上手くやってくれたようだ。獲物を釣り針まで誘導してくれた。

――あの宦官（かんがん）。やっぱり使えるわね。

いい拾いものをしたとホクホクしつつ、ニスリーンの様子を確認する。

私を見つめるその瞳には、明らかな媚（こ）びが浮いていた。私が自分の思いどおりに動くと信じて疑っていないようだ。やはり、彼女の中で私は都合のいい駒でしかないのだろう。

「ライラー様……」

――ここまで来ると、もはや憐れだわ。

努力を怠ったのは自分なのに、他人を踏み台にして成り上がろうとするなんて。

不愉快だった。努力なんて無駄だと言わんばかりではないか。

――でも、これで終わり。

ようやくだ。やっと、いちばん不本意だった状況にけりをつけられる。

私は〝自分を殺そうとした相手をも赦（ゆる）す慈悲深い女〟じゃない。

勝手に抱かれた幻想を打ち砕く――絶好の機会だ。

「せっかくわたくしが教えて差し上げたのに！　あなたがお優しいのは存じております。ですが、いい加減にしてくださいませ。ここまでやると愚者と変わりませんわ！」

いつもの調子でニスリーンが言う。

相変わらずのひどさだ。上辺だけ尊重し、内心で見下している。

もう容赦する必要はないだろう。一気に片をつけようと、平静を装って首を傾げた。

「愚者？　ひどいわね。私をなんだと思っているの」

普段より低い声で言うと、ニスリーンたちがびくりと身をすくめたのがわかった。

「そもそも――私が知者に窃盗犯を推薦するはずがないでしょう」

「え？」

「ワリード！」

声をかけると、部屋の隅に控えていた宵闇宦官が前に進み出た。

「調査の結果を教えてちょうだい。窃盗事件の犯人はヤーサミーナだったの？」

「いいえ」

ふるふると首を横に振って、凪いだ瞳で私を見つめる。

「違います。調査したところ、犯人は別の人間だと明らかになっています」

「……！」

ニスリーンたちが青ざめる。ワリードは淡々と続けた。

「なくなった装飾品はとある人物の部屋から出てきました」

「興味深いわね。それは誰？」

「ニスリーンです」

紙のように白い顔をしたニスリーンに、ワリードが視線を投げる。

「この女の衣装箱の中にございました」

彼が懐から取り出したのは、色とりどりの宝石や装飾品だった。

女中（カルファ）の持ち物にしては豪華すぎる品々。

「……それは」

ファジュルが眉根を寄せる。当然だった。それらは母后より直接賜った品だ。

「貴様。あの者に自分の罪を被（かぶ）せようとしたのか」

「ち、違うんです!!」

「なにが違うのか。実際、お前の衣装箱の中から宝石が出てきたというではないか」

「それは……」

「誰もいない寵姫（ちょうき）の部屋に、ニスリーンが出入りしていたという証言もあります」

「そこの宦官！　適当なことを言わないで!!」

「事実です。商人に宝石の買い取りを持ちかけていたという話もございます」

どこまでも機械的に、ワリードはニスリーンへ告げた。

「目撃者は多数。証言は揃（そろ）っています」

改革で落ちこぼれたニスリーンのハレム内での心証は悪い。彼女の味方は限りなく少なく、証言はいとも簡単に集まったそうだ。すべて普段の行いが招いた結果である。

「ニスリーン……」

取り巻きのふたりがニスリーンから距離を取る。誰も味方はいない。その事実に思い至ったニスリーンは、ハッとしたように顔を上げると、私へ縋（すが）るような視線を向けた。

「ライラー様ッ……！　で、出来心だったのです……!!」

カタカタと震え、床に膝をついた彼女は、いとも簡単に自分の罪を認めた。

「美しい宝石を目にして、無意識に手が伸びてしまいました。申し訳ございません！　もう二度としません。だから――……」

じっと私を見上げる。へらりと場違いな笑みを浮かべて言った。

「謝罪します。謝罪してあげますから！　赦してくださいますよね？」

――しん、と辺りが静まり返る。誰もが私の反応をうかがっていた。

「どうして赦さなければならないの？」

「だ、だって。ヤーサミーナの時はッ……!!」

「意味がわからない。ヤーサミーナは私に必要だった。だから、命を散らすよりも側に置きたいと思ったの。あなたは、私にとってどんな価値があるのかしら」

「でもッ!!　それでも……!!」

涙で頬を濡らしたニスリーンは、私に向かって悲痛な声を上げた。

「少なくとも私は殺そうとしていないわ!! なんで。どうしてよ。ヤーサミーナは赦したんでしょう。なら、私も赦しなさいよ!!」

「…………」

深々と嘆息する。

この状況でこの発言だ。実に救いようがない。

「罪の大きさは関係ない。実力こそすべてよ。ハレムの改革も、私が誰を側に置くかも」

まっすぐに見据えれば、ニスリーンの瞳が揺らいだ。

「ヤーサミーナは努力によって価値を高めた。私の目に留まるくらいにはね。あなたはどうなの? なにかひとつでも成し遂げた?」

「そ、それは……」

「みなが努力を重ねる中、あなたはなにをしていたの。私に媚びを売り、ヤーサミーナに罪を被せる以外にやるべきことがあったでしょう!!」

ニスリーンを睨みつける。容赦のない侮蔑を含んだ視線。

そこに〝自分を殺そうとした相手をも赦す慈悲深い女〟の姿はなかった。

「私は誰にでも優しくするわけじゃないわ」

「ああああああああっ!!」

ニスリーンの叫びが母后の間に響く。

憐れなほど取り乱している彼女を、私は冷静な眼差しで見つめていた。


その後、ニスリーンは武装した宦官に連れられていった。

ダリル帝国の法に則り、鞭打ち十回の後に十日間の晒し者にされるという。

ファジュルに簀巻きにして海峡に投げ込めばいいと勧められたが、それは断った。

為政者として私刑はぜったいに認められない。法に則るのが最も正しい在り方だ。

「……ちゃんと努力さえしていたら」

ニスリーンの未来は変わっていたはずだ。そう思わざるを得ない。

「ありがとう」

茶会が散会した後、頬を染めたヤーサミーナが私に言った。

瑪瑙の瞳が涙で潤んでいる。熱のこもった視線を寄こす彼女に、私は小さく笑った。

「大切な側近を守っただけよ」

「……た、大切な……」

ヤーサミーナの瞳をのぞき込んで、口もとを緩める。

「私、身内には優しくしたい方なの」

「……っ!! み、身内!?」

火が点いたみたいにヤーサミーナの顔が赤くなる。

「怖い」「なんなの」「口説いてない!?」「この人たらし」「わたしをどうするつもり」

ブツブツつぶやいていたかと思うと、なにか決心したようにキッと私を睨みつけた。

「しょ、しょうがないわね」

頬を薔薇色に染めたヤーサミーナは、高々とこう宣言した。

「これから誠心誠意仕えてやるわ！ アンタ付きの女中になったからには、もう二度と誰にも侮らせない。邪魔者はぜんぶ蹴散らす。元イクバルのわたしがついてるのよ。大船に乗ったつもりでいなさい！」

「はあ……」

尊大なのに優しい。

なんだかんだ言いつつも、一生懸命働いてくれそうな気配がある。

実にヤーサミーナらしいなあと、なんだか笑ってしまった。

＊

母后の茶会からしばらく経ったある日。

アスィールの寝室に呼ばれた私は、彼の寝台の上に寝転んでぐったりしていた。

「なんで……どうしてなの……どうして……」

「どうしたんだ」

ブツブツつぶやいている私を、アスィールが心配そうに見つめている。

「母上に改革を認めてもらえた。ニスリーンとやらを断罪したおかげで、侮られることもなくなったと喜んでいたじゃないか」

「そうなんだけど！　それは、そうなんだけど！」

勢いよく顔を上げた私は、涙目になりながら事情を説明した。

「ヤーサミーナが、すっっっごく面倒くさい感じに覚醒したんです」

「面倒くさい？」

キョトンとしているアスィールを横目に、わなわなと手を震わせる。

「やれ顔を洗ったら即時に薔薇水をすり込まないと駄目だの、香油はあれじゃないと駄目だの、運動しすぎると無駄な筋肉がつくからやめろだの、日光に当たるのは朝の時間帯だけだの、アレは食べたら駄目、コレは肌にいいから食べろって、変な味のよくわからないドロドロした飲み物を押しつけてきてッ……!!」

自分に〝時流〟を創る能力があると気付いたせいか、ヤーサミーナは私を一流の寵姫に仕立て上げようと、美容関係に力を入れ始めた。

『命令よ。もっともっと美しくなって、アスィール様を骨抜きにしなさいッ!!』

余計なお世話である。アスィールを惚れさせる必要性はちっともない。

目標は円満な年季明けだ。放っておいてほしい。

ヤーサミーナが、以前のような元気を取り戻したのは嬉しいけれどね。

それと、ヤーサミーナはなんでか相撲に興味津々だ。

『ね、ねえ。今日もアスィール様と、ス、スモウをするのかしら……!?』

する予定だと答えたら、『だったら肌の手入れを完璧にしないと』とか『夜着の仕立てはもっと際どくていいのでは?』とか、よくわからないことをつぶやいていた。

――もしかして、相撲が気になっているのだろうか。

相撲は実際やってもいいのだが、見るだけでも楽しい。

飛び散る汗。ぶつかり合う筋肉。緊迫するやり取り。多彩な戦略。

――相撲はいいぞ!

同好の士が増える予感に、思わず頬が緩んだ。

まあ、それはともかく……。

「やっぱり寵姫って面倒だわ！」

せっかく、過ごしやすい環境になったと思ったのに！

一難去ってまた一難。そんな気持ちになっていると、ふいにアスィールが言った。

「まあ、しばらく寵姫の座は不動だろうからな。我慢するしかないんじゃないか」

「えっ？」

思わずアスィールを凝視すると、彼はどこか楽しげに続けた。

「聞いたぞ。改革によってハレム内で確固たる地位を築いたんだって？」

「確固たるってなんです？　別に私は寵姫の座なんていつ下りても構いませんけど!?」

「母上はそう受け取っていなかったようだが？」

「なんでそうなるんですか……」

意味がわからないという私に、アスィールは呆れ顔をしている。

「考えてもみろ。ハレムの改革によって、女奴隷たちは俺に近づくための新たな手段を得た。〝お前の派閥〟の人間を介す方法だ」

「……え？」

勢いよく上半身を起こす。なんだそれ。なにを勘違いしているのか。

「待ってください。知者の仕組みはそうじゃないですよ」

「だが、教養を身につけるための集団を率いているのは、お前の派閥の出身者だろう？」

「そ、そうなんですが。それは、時間的に人材を選別している余裕がなかったからで！」

「似たようなものだろう。女奴隷たちは、〝お前の派閥〟の人間の目に留まろうと必死になるだろうな。同時にこうも思うだろう。『ライラーから不評を買ったらおしまいだ』と。なにせ、女奴隷たちを評価する立場の人間は、例外なくお前の恩恵を受けている」

「嘘……」

「すべての決定権がお前に集約されてるんだ。直接媚びを売る人間は減っただろうが、結果だけを見れば〝間接的に〟ハレムを支配していると言っても過言ではない」

「……!?」

「まるで母后みたいだと思わないか。母上も、次期母后としての自覚が芽生えたようだと褒めていたぞ。だからこそ、自分の影響力が削れる結果になろうとも黙認していた。あのカマールですらだ」

「…………!?!?!?」

混乱のあまり言葉が出なかった。

確かに、二ヶ月も経ったというのにカマールの介入はいまだにない。

──嘘でしょ。

ぶわっとにじみ出てきた汗を拭う。震える声で言った。

「な、なんで!?　私は、アスィール様のための人材を育成しようとしただけで」

「ハレムに来たがらない俺の協力を、よく取り付けたものだと感心もしていたな」

「それは褒美が必要だと思ったからで！」

「女の尻に敷かれるような真似(まね)はよせと、俺もお叱りを受けた」

「敷いたつもりは欠片(かけら)もないんですけどね!?」

「そもそも、母上に直接意見を述べた上で無事な人間はほとんどいない。奴隷たちの間で一目置かれる存在になっただろうな」

「う、うえええええ!?」

なんなんだ。なにが起きているのか。

母の教えを守り、目的のために行動を始めた。自分以外の人間を立てるため、アスィールのため、使える人材を有効活用しようとアレコレ模索しただけなのに！

「ハッ！」

ふいにあること気がついた。

そうだ。そうだった。私が母から教わったのは──

〝女主人として、自分を中心に家を仕切る方法〟である。

ここはハレムだ。ハレムの女主人といえば——母后だった。

——いや、母后になっちゃ駄目でしょ。

「自分で外堀を埋めてどうするのよ!?」

迂闊すぎる自分にほとほと呆れる。

「ああああああ。やっちゃった。調子に乗りすぎた」

頭を抱えて寝台の上をゴロゴロ転がった。

好き勝手やりすぎたようだ。迂闊すぎる。どうしてこんなことに!!

「暴走するなと忠告したじゃないか」

「もっと強く言ってくださいよ……!」

「アッハッハ。相変わらず為政者としての素質がすごいな」

「褒められた気がしないんですが!!」

楽しげに笑ったアスィールは、おもむろに寝台に腰かけた。

褥の上に広がっていた髪の毛を一房摑んで、柔らかな眼差しを私に注ぐ。

「本当にお前は見ていて飽きないな」

「……!? し、失礼ですよ!」

「事実だろうに」

「だとしても、口に出さないでください」

「飽きないだけじゃなく、素直じゃなくて可愛いまであるな」

「やめてくれます⁉」

手近にあったクッションを抱き締めて顔を埋めた。

——もう。急になにを言い出すのよ！

羞恥に悶えていると、彼が小さく笑ったのがわかった。

「そう恥ずかしがる必要はないだろう」

手持ち無沙汰なのか、指先で私の髪を弄ぶ。ぽつりと囁くように言った。

「為政者として、思いどおりに周囲が動くのは喜ぶべきことだ」

「……？」

アスィールの様子がおかしい。

そろそろとクッションから顔を上げる。彼の腕に包帯が巻かれているのに気付いた。

「どうしたんです！　それ」

包帯には血がにじんでいる。怪我をしてからそう時間は経っていないようだ。

よく見ると、アスィールの体のあちこちに細かい傷ができていた。

軽傷ではあるが数が多い。何事かと訝（いぶか）しんでいると、アスィールはさらりと言った。

「銃の暴発に巻き込まれた」

「はあ!?　なんでです。どうして」

皇帝であるアスィールが怪我をするなんて一大事だ。

——いったいなにが……。

「あっ!!」

ここのところ、アスィールがかかりきりの案件があったはずだ。

イェニチェリ。皇帝直属の歩兵集団の掌握である。

「演習の視察に行くって、少し前に言ってましたよね？」

「ああ。ちょうど今日だった」

「そこで事故に巻き込まれたと？」

嫌な予感がする。

「それって本当に事故ですか」

問いかけにアスィールは答えない。決定的な証拠がまだ得られていないのだろう。

——帝国の頂点に立つ皇帝を傷付けるだなんて。

為政者として尊重されていない。蔑（ないがし）ろにされている証拠だ。

自分に都合がいいように、アスィールを扱おうとしている人間がどこかにいる。

――なによそれ。

無性に腹が立った。

アスィールが政に真剣に向き合っている事実を知っているから、なおさらだ。

「そろそろ私の出番でしょうか」

舌打ちしたい気持ちをグッとこらえ、アスィールに向かい合う。

「……そのようだ。腹心殿、よろしく頼む」

複雑そうな顔で、アスィールはうなずきを返した。

# 五章　和の国の姫君、小姓（イチ・オラーヌ）になる

ぽくぽくぽく。

軽快な馬の蹄（ひづめ）の音が辺りに響いている。

秋めいてきた帝国の空はどこまでも高く、夏らしい熱が冷めた風は頬に心地よい。

馬上で空を見上げていた私は、ふいに視線を感じて振り返った。

「……ライラー。本当に大丈夫なのか？」

アスィールだ。彼はなにやら不安げな顔をしている。

「大丈夫です！　小さい頃からいつもお父上の訓練にくっついて歩いてましたから。馬だって乗れますよ。まあ、和の国の馬はこんなに大きくなかったですけど！」

ダリル帝国の馬は、故郷の馬に比べると二回りほど大きい。

すらりと長い脚、引き締まった胴。木曽馬（きそうま）とは比べものにならない体軀（たいく）……。

跨（また）がった時、視界の高さに驚きはしたものの慣れればそうでもない。むしろ心が躍る。

――思い切り走らせたらどうなるだろう。

きっと気持ちがいいに違いない。それに――

「ブルルルッ！」

「あっ。こら、やめろ！」

焦った声をアスィールが上げた。乗っていた馬が、私に顔を寄せてきたのだ。

「甘えたいの？」

こしょこしょと首を掻(か)いてやれば、そうだと言わんばかりに私の服を食(は)んだ。

「可愛い……！」

なんとも人懐っこい。

う〜ん。癒やされる。ハレムで溜(た)めた鬱憤が発散されていくようだ。

思わずニコニコしていると「なんで懐いてるんだ」「陛下以外は近づけもしないのに」「荒馬がまるで犬みたいじゃないか」なんて声が聞こえた。

ちらと視線を遣(や)れば、アスィールの側近たちがなんとも言えない顔をしている。

彼らも、とつぜん現れた私に困惑しているようだ。

みんなを安心させるためにも、ここはひとつ宣言しておくべきかもしれない。

「ご迷惑おかけします。でも、きちんと仕事はしますから！」

ニコリと笑顔を見せると、アスィールがますます渋い顔になる。

「いや、みなが不安がっているのはそこじゃないからな」

苦悩に充ち満ちた声。頭痛でもこらえているような顔で彼は続けた。

「どこの世界に、男装して視察に付き合う妾がいるんだ」

「ここにいますけど？」

「いちゃったか……」

呆れかえっている彼に、クスクス笑って告げる。

「ご安心ください。ちゃんと小姓らしく振る舞いますよ！」

ふわり。柔らかい風がターバンを撫でていった。

改革がファジュルに認められてから一ヶ月経っている。再びイェニチェリの視察に赴くというアスィールに付き添って、私は馬上の人になっていた。

すべてはイェニチェリへの対策を講じるためだ。

……まあ、アスィールは私が知識だけで助言をくれると思っていたようだけど。

現場視察ができる機会を逃すはずがない。

うっかり、やらかしてしまった事実に耐えられなくて、現実逃避をしたかったのもある。

あの後、デュッリーに愚痴ったら「自分の派閥の子を採用するって言ってた時点で、母后（ヴァリデ・スルタン）を目指し始めたのかと思った」なんて言われてしまったのだ。

自分の行いを振り返ると、そう言われても仕方がないとは思った。

でも、わかってたなら止めてほしかったなあ！　暴走した私が悪いんだけれどね!?

ま、まあ。過去を嘆いても仕方がない。いまはイェニチェリ問題だと開き直った私は、どうにかアスィールに同行できないかと策を弄（ろう）した。

本来なら、奴隷でありイクバルである私がハレムを抜け出せるわけがない。

そこはまあ、スルタンの権力を活用して秘密裏に脱出すればいいだけの話なのだが。

「どんな危険があるかわからないんだぞ」

最初、アスィールはだいぶ渋っていた。けれど、結局は折れてくれた。現地を視察する重要さを説く私の熱心さに負けたようだ。いろいろと鬱憤を溜めた私の剣幕がすごすぎて、押し切られた可能性はじゅうぶんにあるけれど。

ということで、私は堂々とハレムの外に出る権利を得たわけだ。

とはいえ、スルタンの妾でございと振る舞うわけにはいかない。女性蔑視が強いダリル帝国で、女性がおおっぴらに活動するのは目立ちすぎるし、そもそもハレム内で着用している普段着でそこらを歩くわけにはいかなかった。そういうわけで、アスィールの供をするために小姓（イチ・オラーヌ）の衣装を拝借したのだが、自分でもなかなか似合っていると思う。

「イクバルのライラーです。今日はライとでもお呼びください！」

アスィールの側近たちに挨拶した時は見物だった。

みんな目をまん丸にしてたっけ。

当然だ。本来ならぜったいに姿を見られないはずの寵姫が現れたのだ。

しかも素顔を晒している。帝国では、基本的に成人した女性は家族以外に顔を見せない。

襟巻きで目もと以外を隠すのが一般的なのだが、小姓姿で使うわけにもいかず……。

「……お前たち、ライをジロジロ見たら、どうなるか……わかってるな？」

「「「はいっ!!」」」

事情はよくわからないが、低く唸るような声でアスィールがそう命令していた。

「別に私は見られても構わないですけど」

「ちょっとそこに直れ」

なぜか小一時間説教された。文化の違いとは恐ろしい。そして理不尽である。

アスィールの側近たちの中でも、特に反応が大きかったのは小姓の青年ヌールだ。

年頃は十代後半、眉目秀麗な彼は、私の登場に真っ青になっていた。「陛下のお心がわからない」としょんぼりしていたので「あなたも苦労するわね」と慰めてやったのだが。

「はっ!? アンタがそれを言うんですか!?」

顔を真っ赤にして絶句し、なぜかひどく睨(にら)みつけてきた。

彼は私が気に入らないようだ。小姓姿でいるのが納得できないのかもしれない。

小姓というのは、スルタンの身の回りの世話をする将来の幹部候補生だ。各地から集められた男奴隷の中でも、特に優秀な人物が選ばれていて、小姓から未来の大宰相だって生まれる可能性がある。それだけに、自分の地位に誇りを持っているのだろう。

――ヌールはずいぶんと忠誠心が高いみたいね。

味方が少ないアスィールにとっては喜ぶべきことだ。しかし、相手が主(あるじ)の寵姫と理解していながら怒りの感情をぶつける様は、側近としての資質を疑いたくなる程度には思慮が浅い。年齢を思えば、仕方がないのかもしれないが……。

――まあ、私もじゅうぶん若いから、人のことは言えないんだけど。

とりあえず、ヌールには我慢してもらおうと思う。

アスィールの側にいて不自然ではない立場なんてそう多くはないのだ。小姓は年齢層が様々だから、成人男性より小柄な私が変装するのにうってつけだった。

ちなみに、今回の視察には宵闇宦官(ゲジェ・ハディム)のワリードも連れてきている。

こういう時、女性ではない側近がいると役に立つ。

「ウッフフ」

馬上でニヤニヤしている私に、アスィールが怪訝そうな視線を寄こしている。

「やけに上機嫌だな」

「だって楽しいではないですか。軍事演習でしょう⁉ 他国の武器を間近で見られるなんて、興奮が抑えられません」

「女が好むことじゃないだろうに」

「ええ……。なにを言っているんですか。兵たちがぶつかる様を見ているだけで、普通は血湧き肉躍ると思うんですけどね……」

「特殊な性癖だからな？ どう考えても」

「ウッ。好きなんですから、仕方がないじゃないですか。故郷にいた頃は、よく父に訓練場に連れていってもらいました。暇があれば兵法書を読んでましたし、我が家とは関係ない合戦を遠目から見学させてもらったこともあります！」

「……お前の父親は、最終的に娘をなににするつもりだったんだ……」

「母も、たまに似たようなことをおっしゃってました」

——ああ、懐かしい。

ふと顔を上げると、木々の向こうに遠い日の思い出を感じられるような気がした。

「いつか、巴御前みたいになれればいいと父と話していましたね」

「……巴御前？」

アスィールは不思議そうにしていたが、説明する気になれなくて瞼を伏せた。

故郷を思い出すと、胸の奥がツンとして切なくなる。

炎に包まれた故郷はいまどうなっているのだろう。両親や弟、家来や民は生きているのだろうか。運良く命が助かったのなら、いまごろなにをしているのだろう——

忽然と姿を消した私を、心配しているだろうか。

帰りたかった。戻って大切な人たちの安否を確かめたい。

いまは叶わない夢だ。そんなことは理解している。

「ライラー、どうした？」

「……なんでもありません」

年季明けまでの我慢だ。メソメソしていても仕方がないと話題を変えた。

「イェニチェリの掌握ですが、なかなか難しいようですね」

アスィールの表情が曇る。

「お前の助言に従って、直接報奨を与えてみたりはしたのだがな。やはり、総軍団長が反発している以上、成果は芳しくない」

「現イェニチェリ総軍団長は、ズィー・ヤザンという男でしたっけ？」

「奴隷徴兵（デヴシルメ）を経ないで入団した自由民出身のイェニチェリだな。かつて帝国に征服された草原の国の王の血筋で、歴代の当主は帝国で要職に就いている。いわゆる名家出身だ。用兵の実力も優れていて兵からの信頼も篤（あつ）い」

「わあ……厄介ですね。戦士として完璧という奴ですか。血筋も実力も」

「完璧というわけではないがな。黒い噂（うわさ）が絶えない」

「噂？」

「そうだ。たとえば――」

コネを使って、軍務には参加しない〝幽霊団員〟を闇雲に増やし、支給される給与の何割かを受け取っているとか。武器商人と癒着していて、懇意にしている商人から謝礼をもらっているとか。配下を市井で暴れさせて、民に現スルタンへの不満を煽（あお）っているとか。不穏な噂ばかりだ。なのに、よほど上手（うま）くやっているのか決定的な証拠は出ていない。

更には、先日の銃暴発事件にも関与している可能性があるらしい。

「百害あって一利なしとまでは言いませんが……正直、ひどいですね」

「まさに」

苦々しく笑ったアスィールは、沈鬱な表情になって続けた。

「それに、奴は俺の兄に直接手を下した人間だ」

先帝イブラヒムの治世で起きた反乱。アスィールの兄イブラヒムは、ズィー・ヤザンの手によって処刑され、遺体は広場に晒されたという。

「自らの手で先帝を弑(しい)したからか、奴には皇帝(スルタン)を敬う気持ちがないようでな――」

すると、アスィールが驚いた顔をした。目もとを緩めて柔らかく笑む。

「ライラー。すごい顔をしているぞ。大丈夫か」

「……いいえ。自分の愚かさを呪っているだけなので、お気遣いなく」

すっかり失念していた。

先帝イブラヒムが処刑されてから、まだ三年ほどしか経っていない。当然だが、イェニチェリには当事者が残っている。アスィールと先帝である兄は、もともと仲のいい兄弟であったようだ。身内を殺した人間と直接対峙(たいじ)するだなんて、彼はどんな気持ちなのだろう。

「ズィー・ヤザンと接していて、お辛(つら)くないですか」

「気にするな。皇帝になったからには、こういうこともあるだろう。いちいち感情を乱していては仕事にならない。だろう？」

「アスィール様は、ズィー・ヤザンを恨んではいらっしゃらないんですか？」

問いかけに、アスィールは少し困ったように眉尻を下げた。

「……どうだろうな」

つい、と視線を前にずらす。

陽光が入り込んで、翡翠色の瞳がゆらゆらと揺れているように見えた。

「ズィー・ヤザンに対して、いい感情は持っていない。だが、恨んでいるかと言われると違うと思う。兄上は討たれても仕方がないことをした。為政者としては失格だった」

先帝は、自分の意にそぐわない行為をした民を自らの手で殺めて回った。

愚かな行為は民を蜂起させた。当然の報いだったとアスィールは語る。

「おおぜいの民が傷付き、有力者から反感を抱かれ、為政者としての仕事を成し遂げられずに、国へ不利益をもたらした。兄上の死は自業自得だろう。近くで見てきたからこそ断言できる。俺は兄上のようになるまいと己を戒めるだけだ」

冷静な言葉だった。私怨に駆られない姿は為政者として正しいとは思う。

だが――

「……俺は、兄上のような失敗はしない」

ぽつりとつぶやいた彼の様子に違和感を覚えた。

「アスィール様？」

じっと様子をうかがっている私に、彼は小さく肩をすくめた。

「いや、なんでもない。恨んではいないとはいえ、ズィー・ヤザンの所業を赦すつもりはないんだ。今回の視察では、どうにかして奴の腹の内を探りたいものだが……」

「それはそうですね」

腐ってもイェニチェリはスルタン直属の歩兵集団だ。内心でどう思っていようが、表面上は従順にしておいた方がいいに決まっている。だのに、ズィー・ヤザンはあからさまにアスィールに対して反発していた。裏がないはずはない。

「また弑逆(しいぎゃく)を企(たくら)んでいるのだろうか」

「現状、アスィール様を弑するだけの大義名分がないでしょう。なにか大きな失策を犯したわけでなし、いま反旗を翻したら非難されるのはズィー・ヤザン側では？」

「確かにそうだ。しかし、民意を操作しようとしている以上は、俺の地位を脅かそうとしているのは間違いないし、奴がいる限りイェニチェリの大半はなびかない」

「すべての団員が、ズィー・ヤザン寄りというわけではないですよね？」

「もちろん一枚岩じゃない。皇帝に反発していない、穏健派と呼べる奴らがいる」

「その人たちもアレハンブルの町で暴れているんですか？」

イェニチェリを掌握しようとした発端は、彼らが民に狼藉(ろうぜき)を働いた事件だ。

「いや。そういう話は聞かないな」

「それはよかった。穏健派を立てつつ、イェニチェリとの和解を目指したいところですね。

そしてできれば、ズィー・ヤザンには後腐れがない形で退場していただきたい」

「まさにそれだな」

ちらりと視線を交わし合う。

ズィー・ヤザンは排除すべき邪魔者である。ふたりの認識が揃った瞬間だった。

「早急にズィー・ヤザンの目的を明かすべきですね。なにか案はありますか」

「さて、すぐには思いつかないが。腹心殿はどうだ」

「そうですね……」

会話の中で相手の本音を引き出す。

腹の探り合いが巧みであることは、為政者として求められる能力のひとつだ。

相手の心理に訴えかけ、自分の望む結果を得るためには、正攻法では上手くいかない。

相手を冷静にさせないような、なにかしらの〝楔〟を打ち込みたいものだけれど。

――そうだ！

とある方法を閃いて、私はワクワクしながらアスィールに訊ねた。

「ズィー・ヤザンは、家柄的にも血筋的にも優れた人間なのですよね？　用兵の能力まで秀でていて、イェニチェリにおいて最も高い地位にいる。もしかして、矜持が高く、傲慢で、自分に絶対的な自信を持っている人間ではありませんか？」

私の言葉に、アスィールが驚きを露わにした。

「……よくわかったな。いままで会う機会なんてなかったはずだが」

「おっしゃるとおり、顔も知りませんよ。ですが、なにもかもを持っている高位の人間なんて、だいたいこんなものでしょう。ある意味、型にはまっている」

ニヤリと不敵に笑う。

「なら、本音を引き出す方法があるかもしれません」

ちらりと後方をのぞき見る。小姓の青年ヌールは、親しげに話し込んでいる私たちを、苦虫を噛みつぶしたような顔で見ていた。

「彼がいい働きをしてくれるはずですよ」

こっそりアスィールに思いついた方法を伝える。

少し驚いた顔をした後、アスィールは「上手くいくだろうか」と弱気な一面を見せた。

「大丈夫です。予想どおりの人間であれば、簡単に乗ってくれるはず」

「……そうか」

眉尻を下げて、苦々しい表情を浮かべる。

「本当は、お前に頼らずに解決できたらよかったんだがな」

アスィールはそう言うと、そっと息を漏らした。気落ちしているように見える。

——なにも落ち込む必要はないのに。

これまで、政の表舞台に立ってこなかったアスィール。彼はきっと自信が持てなくて不安なのだ。当然だろう。皇帝としての地盤も整っておらず、いまだ皇帝として目立った活躍もできていない。こんな状況で、ズィー・ヤザンという敵に立ち向かうのだ。理想とはかけ離れた現状が、もどかしくてたまらないに違いない。

「頼ってくださいよ。なんのための腹心ですか」

不安げなアスィールに、私は更に続けた。

「私がいます。足りない部分は補います。だから大丈夫」

いまだ成長途中のアスィール。彼を支えるために私がいる。

「アスィール様なら、皇帝として立派にやり遂げてくださるって信じていますよ」

「……ッ！」

翡翠の瞳がわずかに揺れた。

ジワジワと喜色が広がって、不安げだった顔に笑みが戻ってくる。

「……感謝する」

顔をほころばせた彼は、ちょっぴり赤くなった耳を指で掻いて前方に向き直った。

「ともかく穏健派の代表と引き合わせよう。すべてはそれからだ」

「代表ですか。どんな人でしょう？」

首を傾げると、アスィールはどこか悪戯っぽく笑った。

「お前も知っている人間だ」

「へ？」

まるで思い当たる人物がいない。

困惑していると、さほど遠くない場所から耳をつんざくような轟音が聞こえた。

気付けば小高い丘に到着している。眼下には、荒れ地を正方形に均した空き地があった。

「さあ、到着だ。ようこそ、イェニチェリの演習場へ」

＊

「用意、向けろ、発射！」

馬に乗った指揮官が手を振り上げると、七～八人で隊列を組んだ兵士たちがいっせいに銃を構えた。天を貫くような発砲音。巣口から白い煙が立ち上る。発砲を終えた兵は、すかさず後列の兵士と位置を入れ替わった。号令と共にすぐさま次の攻撃が始まる。

「あれが、マスケット銃……！」

私は興奮が抑えきれなかった。

和の国でも銃を戦に取り入れている将はいたものの、使われていたのは種子島銃と呼ばれる〝火縄銃〟だ。一発撃つまでに時間がかかるのが問題で、更には火種を常に用意しなければならないから、運用には工夫が必要だと父が言っていたのを覚えている。

「確か、火縄銃は尾田の当主が好んで使っていたわね」

かの人物が甲斐の歴戦の将を退けた話は有名だ。三列になり、弾込め役、火付け役、発砲役にわかれたという作戦は、敵ながらあっぱれだったと父も褒めていた。

でも、マスケット銃にそんな手間はいらない。

中に火打ち石が仕込まれていて、火種は不要。点火も容易なのだ。

――とんでもない火力だわ……！

銃の登場は戦場の常識を変えた。

弓兵とは違い、個人の能力に左右されない。扱いさえ覚えれば、誰でも運用できるのが強みだ。おかげで、和の国では足軽の存在が重要度を増したという。長弓に比べれば射程距離は短く、命中精度も低いものの、数を揃え、弾薬さえ補給し続けられれば敵を圧倒できる。ダリル帝国には、それを実現できるだけの豊富な資金と人材があった。

「マスケット銃さえあったら、尾田の軍勢なんて蹴散らしてやったのに……！」

どう運用するのが最適か。どう陣を組むのが正解なのか。

地形と合わせて策を練る。心が弾んで仕方がない。

「楽しそうだな？」

「とても楽しいです。今日は眠れない予感がします！」

「そんなにか……」

目をキラキラ輝かせている私に、アスィールが呆れている気配がする。

「当然でしょう。主力武器の把握はなにより重要ですし。そう言えば、アレハンブルを攻め落とした時に大砲を使ったそうですね!?　大砲はいまでも使っているのですか。攻城武器を見せていただくことは——」

「こらこら。落ち着け」

ポンポンと頭を叩かれて、アスィールはそっと私の耳もとに顔を寄せた。

「今日の目的を忘れてないか」

「ハッ……！」

そうだった。訓練の視察が主目的じゃない。イェニチェリの件で来たのだった。

——また暴走してしまったわ。

みるみるうちに頬が熱くなる。羞恥がこみ上げてきて「ううっ！」と変な声が漏れた。

「ハハッ。兵器を見てはしゃぐなんて、お前らしいな」

そんな私をアスィールが楽しそうに眺めていた。

「これだから規格外なんだ。俺の隣に立つのにふさわしい」

彼から注がれる眼差(まなざ)しは、春の陽(ひ)だまりのようにやたら優しかった。

「やっぱり、故郷に帰らないで側にいないか？」

「お、お断りします……」

「俺に惚(ほ)れる予定は？」

「いまのところありません！」

「残念だ」

――なんだか視線がくすぐったい……。

ひとり悶(もだ)えていると、やたら陽気な声が耳に飛び込んできた。

「陛下！　今日も来てくださったんですか！」

「ハーリスか。ひと月ぶりだな」

「声をかけてくださいよ。話すなら、面倒くさい奴が来る前にしたい」

気安い様子でアスィールと話しているのは、焦げ茶の髪に碧眼(へきがん)の男だった。

四十代中頃だろうか。堂々とした佇(たたず)まいをしていて、白い助骨服の上に赤い上着(カフタン)を羽織っていた。宝石に彩られた湾曲剣、立派な体軀は彼の地位の高さを想像させる。

──なるほど。

おそらく、アスィールが私に引き合わせたいと言っていた人物は彼だ。

なにせ、私もよく知っている人物である。

「ハーリス、お前に紹介したい人間がいる」

「なんです改まって。優秀なんでしょうね？」

「新しい小姓なんだがな。期待は裏切らないと思う」

アスィールが私に視線をくれる。彼の陰から出て、一歩前に進み出た。

「ライ、彼が第二師団の軍団長ハーリスだ。穏健派の代表でもある」

「初めまして。ハーリス様。ライと申します。どうぞよろしくお願いします」

「……!?」

ハーリスが口をあんぐり開けたまま固まっている。

何度か口を開閉した後、唐辛子でも嚙みしめたみたいに真っ赤になって叫んだ。

「初めまして。じゃねえだろう、馬鹿野郎！」

「アッハハハ！」

思わず笑ってしまった。

かつてカマールから私を買った主人が、あまりにも面白い顔をしていたからだ。

＊

ハーリスはイェニチェリ第二師団の軍団長。

そして、カマールから私を購入し、アスィールへ献上した人間だ。

ハレムに入るまでの数ヶ月間、彼の邸宅で世話になった。

ダリル帝国で生きるために必要な、最低限の常識を与えてくれたのはハーリスだ。

「なんでここにいる。お前はスルタンの妾だろうが……」

真っ青になったハーリスが頭を抱えている。アスィールは私を置いて視察を続けていた。

その姿を遠目に見ながら、クスクス笑う。

「確かにそうなんですが。アスィール様が私を腹心にと求めてくださったのですよね。だから、小姓の恰好(かっこう)をしてついてきました。なにも問題はありません」

「いや、問題しかないからな⁉ ライラー！」

「バレなければいいんですよ。あ、いまの私はライ。ハレムにいる時は寵姫(ちょうき)らしいです」

「らしいってお前なあ」

「そうだ。私がイクバルになったのはご存知でしょう？　短い間ではありましたが、あなたにはお世話になりました。多少は恩返しできたと思うのですが」

献上した奴隷がハレムで高い地位まで上り詰めれば、それなりの見返りがあるのは当然だ。きっと本人も喜んだはず……と、思ったのに。

「ああ。おかげで、望んでもいないのに第二師団長にされちまった」

なぜだか、ハーリスは苦虫を噛みつぶしたような顔をしている。

「嬉しくないみたいですね？」

「そりゃあな。出世には興味がない」

「じゃあ、どうしてカマールから私を買ったんです？」

「頼むって言われたから。それだけだ」

「はあ？」

「カマールとは古い付き合いでな。困ってるって言うから協力したんだ。悪いようにはしないって約束もしてくれたし。それならまあ、奴隷をひとり預かるくらいならって」

まさか寵姫にまで上り詰めるなんてと、ハーリスは苦々しく思っているようだ。

そこに、通りがかったイェニチェリの団員たちが声をかけてきた。

「ハーリス団長。なにサボってんですか～」

「俺らには地獄の訓練を課しておいて！　ひどい！　傷付いた！」

「お詫びに美味い飯おごってくださいよ～！」

「てめえらうるせえぞ！　俺は来客対応してんだ。見たらわかんだろ‼」

「「「は～い！」」」

「気の抜けた返事してんじゃねえ。訓練増やすぞ馬鹿野郎！」

逃げろ！　と団員たちが蜘蛛の子を散らすように去っていく。

眉間に皺を寄せたハーリスは、深々と嘆息した。

「悪い。話の腰を折ったな」

「ずいぶん慕われているようですね」

「舐められてるだけだ。まったく……」

ハーリスは苦渋の表情を浮かべている。そんな彼の様子を見ていてピンと来た。

──カマールからすれば、扱いやすかったんでしょうね……。

彼が私を購入する人間に抜てきされた理由。

ハーリスがイェニチェリ内での穏健派で、人望が篤く、更には出世欲が強くないからだ。

カマールはファジュル絶対主義だ。彼のすべてはファジュルのためにある。ファジュルはアスィールを溺愛していて、愛息子のいまだ不安定な状況を憂えているのだろう。

そこで私の登場だ。為政者の妻となるための素養を持っている奴隷。ファジュルの希望に限りなく近く、アスィールとも相性がよさそうな〝道具〟だ。

あの男は、私がハレムで成り上がるだろうと確信していたに違いない。そこで、昇進させたい相手を買い手に選んだ。反皇帝派であるズィー・ヤザンは、アスィールにとっての脅威にしかならない。彼の勢いを減らすためにも、イェニチェリに自分の息がかかった人物を置いておくためにも、穏健派のハーリスという男に白羽の矢を立てたというわけだ。

「それで。小姓に扮した寵姫様がなんの用だ」

「ズィー・ヤザンが好き勝手やっていると聞き及びまして。敵情視察に来たんですよ」

「あん!? 最近の妾ってのは、そんなことまでさせられんのか。難儀だな」

「そんなわけないじゃないですか……」

呆れ声を出した私に、ハーリスはほんのり口もとを歪めて笑った。

「そりゃそうか。ま、カマールの野郎が見繕った奴隷だ。普通とは違うんだろうさ」

あっけなく私の特異性を受け入れた男は、すでに興味を失ったのか遠くを見ている。

意外なほどの淡泊さに驚きつつも、なんとなしに質問を投げた。

「穏健派の人間として、ハーリス様はズィー・ヤザンをどう思っているんです？　主と仰ぐべき相手を蔑ろにしているようですが」

「どう？　そうさなあ……」

ボリボリと頬を掻いたハーリスは、小さく鼻を鳴らしてこう言った。

「別にどうでもいいな」

そして私をまっすぐに見ると、碧色の瞳を忌々しげに眇めた。

「俺は戦場に立てるならなんでもいい。戦以外のゴタゴタにゃあ興味がねえ」

──なるほど。だから〝穏健派〟なのか。

彼が〝反皇帝派〟でも〝親皇帝派〟でもない理由が理解できた気がする。軍内外の問題にまるで興味を示さない。そういう意味では〝穏健な〟戦闘のみに情熱を注ぐ兵……。

「あなたは、生まれついての戦士なんですね」

彼には無数の傷跡があった。骨張った手などは、傷がない場所を探す方が難しい。

どこまでも無骨な手は、長い時間武器と共にあったのだろうとうかがい知れた。

故郷でもそういう武士たちがいたと思い出す。戦が起こるたび、意気揚々と死地に向かう彼らの姿は刹那的で、いっそ清々しいほどだった。

──ならば、戦う意味さえ用意できれば、味方に引き入れるのは簡単なはず。

きっとアスィールも同じ考えなのだろう。だからこそ、私と引き合わせたのだ。

「あ～……」

　すると、ハーリスは気まずそうに視線を逸らした。

「聞かなかったことにしてくれ」と、面倒くさそうに顔を歪めている。

「どうしてです？」

「女に聞かせる話じゃなかった。お前も正気の沙汰じゃないって思ってんだろ」

　再びバリバリと頭を掻く。うんざりとした様子で言った。

「戦場に立ちたいって言うと、命を粗末にしないでくれとか、自分を大事にしろとか、女はいつだって説教してくるんだ。こっちは聞き飽きてるんだよ。余計な口出しは――」

「……なんで説教をする必要があるんです？」

　私の発言にハーリスがギョッと目を剝いた。二の句が継げない彼に小首を傾げる。

「平時でも腑抜けていない戦士は讃えられるべきです。ハーリス様のような方がいるから、国は蹂躙されずにすんでいるんですよ」

　侵略された国の末路は悲惨だ。財は奪われ、男や子は殺されて、女は犯される。

　為政者からすれば、兵は盾と矛だ。だからこそ、細心の注意を払って心を砕く。兵を蔑ろにした為政者の未来は明るくない。彼らの働きがなければ丸腰も同然だからだ。

「国への献身に感謝します。いずれ命を懸ける機会が必ず訪れます。アスィール様なら、あなたが活躍できる場を設けてくれるはずですよ」

「………」

一息に言い終わった後、ハーリスの表情が険しくなっているのに気がついた。

「どうしました？」

声をかけると、ハーリスは警戒するように半身を引いた。

「……お前、何者だ？」

先ほどまでの気安かった態度から一変し、胡乱(うろん)げな眼差(まなざ)しを私に向けてくる。

「そこらの奴隷がする思考じゃない。ただ者じゃねえだろう」

「さっきは興味なさそうだったのに、どうしたんです？」

「怪しいと思ったから確認しただけだ。それとも、言えないことでもあるってのか」

――もしかして、間諜(かんちょう)かなにかと思われているのかしら。

とんだ勘違いである。だが、その警戒心は非常に好ましかった。違和感を見逃さず、それまでの関係性に惑わされずに疑問視できる。簡単なようで誰もができることじゃない。人望が篤いことといい、これほど一軍を任せるにふさわしい人物が他にいるだろうか。

「あなたもご存知のとおり、ただの奴隷ですよ」

「信じられるか、馬鹿野郎！　ってか、なにニヤニヤしてやがる！」

「ウッフフフ。ハーリス様っていいなあって思って」

「はあ!?」

ハーリスが目を白黒させている。

そんな顔も面白くて愉快な気分になっていると、ふいに大声が聞こえてきた。

「これ以上、我が主を侮辱することは許さない！」

「……なに？」

声がした方に目をやると、なにやら人だかりができている。

騒ぎの中心にいるのは——アスィールだ。

「あら。もう始まったみたいですね」

ちらりとハーリスに視線を遣る。

「疑っているところ申し訳ありませんが、主のもとへ行っても？」

「俺もそう思っていた。……後でまた詳しく聞くからな」

「後ろ暗いことはありませんので、存分に」

「行きましょう」とハーリスとうなずき合う。急いでアスィールのもとへと向かった。

# 六章　和の国の姫君、腕力ですべてを解決する

『アスィール様。ズィー・ヤザンのような人間は、誰かに心酔し、尽くすと決めているヌールのような人間を見下しがちです。自分に忠誠を誓わない人間に価値はないからです。そして、己に自信があればあるほど、他人に心酔する相手に苛立ちを覚える……』

『ひどい言い草だが、当たっている気がするな』

『逆にヌールのような人間は、認めてくれない相手を蛇蝎のごとく嫌い、反発します。依存気味な人間ほど承認欲求が強いからです。彼らは水と油ですよ』

『そのふたりが出会ってしまったら？』

『衝突が起こります。お互いに冷静ではいられないですから、上手く煽ってやれば……』

『隠していた本音を引き出せるかもしれない。そういうことだな』

アスィールとそんな会話をしたのは、ほんの半刻ほど前だ。

私の目論みどおり、演習場の一角ではそんなふたりが舌戦を繰り広げていた。

「侮辱なんてとんでもない！　銃声轟(とどろ)く演習場では、〝狩人(かりゅうど)〟の心を満たすような獲物はいないだろうと当然のことを言ったまでだ」

　男の声が辺りに響いている。無意識に耳を傾けたくなるような、鼓膜に染み入る低音だ。内容さえまともであれば、うっとりと傾聴していたかもしれない声の主は、大袈裟(おおげさ)な手振りであからさまに相手を煽っている。

　見事な体軀(たいく)を持った男だった。

　身長は六尺(百八十センチ)以上あり、全身がしなやかな筋肉で覆われている。

　日に焼けた肌、顔つきは精悍(せいかん)で、金色の瞳に、癖がある黒髪を後ろに撫(な)でつけていた。

　軍団長を表す助骨服は、黒地に金の刺繡(ししゅう)が施してある。上着(カフタン)は時には黒にも見える紺色で、見るからに第二師団長であるハーリスよりも上等な仕立てになっていた。

　――あれがズィー・ヤザン。イェニチェリ総軍団長。

　そして、前帝イブラヒムを殺し、アスィールの障害となっている男だ。

　彼には威風堂々としか表現できない威圧感があった。仕草や佇(たたず)まいからにじむ高貴さ。

　話に聞いたとおり、彼の血統は優れているようだ。黒い噂(うわさ)が絶えないとも聞くが、腕っぷしに頼って生きてきた男たちをまとめるだけの存在感がある。

　だが――

信用ならない男だと、なんとなく感じた。

「親切心からの言葉ですよ。アンタもそう思うでしょう？　陛下」

「ア、アンタだって⁉　貴様、この御方をどなたと心得ている！」

小姓（イチ・オラーヌ）の青年ヌールが突っかかると、ズィー・ヤザンは小さく鼻で嗤（わら）った。

「もちろん。ダリル帝国の皇帝（スルタン）サマだ」

鋭い眼差しをアスィールに向ける。

「〝狩人〟と民から慕われている御方ですからね。気安い調子の方が受け入れやすいでしょう。私なりの配慮ですよ」

アスィールが民から〝狩人〟と呼ばれているのは事実だった。現皇帝は政を母后（ヴァリデ・スルタン）ファジュルに丸投げし、自身は狩りに夢中だと民に思われている。明らかな蔑称だ。

不敬と咎（とが）められても仕方ない発言をしているのに、ズィー・ヤザンは得意げだった。ニスリーンと同じ匂いがする。相手を侮り、思いどおりにできると信じているのだ。

「まあ、多少は失礼だったかもしれない。気に障ったなら謝りましょうか？」

巨軀（きょく）をかがめて、ズィー・ヤザンがアスィールの顔をのぞき込んだ。

「………」

だが、アスィールは反応を示さない。

言いたい放題しているズィー・ヤザンに対して、沈黙を貫いている。

「おいおいおい。なんなんですか、この騒ぎはよ」

割って入ったのはハーリスだ。

彼は困り果てた顔で周囲を見渡すと、ズィー・ヤザンに非難混じりの視線を向けた。

「やめてくれよ。訓練に差し障る。そういうことは他でやってくれませんかね」

「なにを止める必要がある。ハーリス」

ズィー・ヤザンは片眉をつり上げると、やたら大仰に手を広げて続けた。

「主人を煩わせないよう気遣うのは、臣下として当然だろう？」

「言い方ってもんがあるでしょうが。どう見ても、わざと喧嘩(けんか)をふっかけてるだろ」

「わざと!?　心外だな。いや、だがしかし――」

ズィー・ヤザンは、敵意でギラギラと瞳を輝かせ、どこまでも不遜な態度で続けた。

「あまりにも主君がふがいなくてな。そう見えても仕方がない。貴様もそう思うだろう？　部下を叱咤(しった)する気概もない男は、はたして我らの主(あるじ)としてふさわしいのか、と！」

「……！」

ハーリスが瞠目(どうもく)する。ちらりとアスィールを見ると、すぐに視線を逸らしてしまった。

「知ったことか。俺は、戦以外のことはわかんねえ」

「ならば余計な口出しをするな。引っ込んでいろ」

「チッ……」

ハーリスは、大人しく引き下がった。

観衆の輪に交ざる。その表情は硬い。静観すると決めたようだ。

穏健派のハーリスが身を引いたせいか、場の空気が一気にズィー・ヤザン寄りに傾いた。取り巻きたちが意気揚々と同調し始める。

「ズィー・ヤザンの言うとおりだ！」

「腑抜けた狩人を主君に仰いでいいものか!?」

「このままでは、帝国の未来は昏いやもしれませんな！」

「──それ以上の発言は許さない!!」

とたん、小姓の青年ヌールが叫んだ。顔を赤く染めた彼は、アスィールを守るようにズィー・ヤザンの前に立ちはだかった。

「いい加減にしろ。お前に陛下のなにがわかるんだ！」

青年の瞳がみるみるうちに濡れていく。

「陛下は日々、国に尽くしている。一番に民のことを考え、どうすれば国をよりよくできるかにすべてを捧げていらっしゃる。ここ数年の安寧は陛下がおられたからこそ」

ヌールは、一点の曇りもない眼差しでズィー・ヤザンを見据えた。

「悔い改めよ、ズィー・ヤザン！　自分が王にでもなったつもりか。たかだか一軍の頂点に立ったくらいで偉ぶるな。お前ような傲慢で不遜な者が総軍団長だからこそ、イェニチェリは民に疎まれているのではないのか!!」

正論だった。異論を差し込む余地もない。彼の真摯な言葉ひとつひとつからは、アスィールを想う気持ちが伝わってくる。ズィー・ヤザンに味方する男たちに囲まれてもなお、必死に主張を重ねる姿は悲痛なほどだ。

――だからこそ、よね。

彼の言葉はズィー・ヤザンの感情を乱す。想像していたとおり、傲慢で自信にあふれた男は、憐れな小姓の訴えに嗜虐的な一面を揺さぶられずにはいられない。

「アスィール陛下は元気な小姓を飼っていらっしゃるようだ」

たまらずと言った様子で口を開いた男に、私は口もとが緩みそうになるのをこらえた。

――ああ。やっぱりだわ。ヌールとズィー・ヤザンの相性は最悪！

アスィールと密かに視線を交わす。あえて沈黙を守り、小姓の暴走を放置していた彼は、興味深げに彼らを観察しているようだった。

――上手くいきそうね。

敵の狙いを明らかにするため、〝たとえ侮辱されても、あえて反応をするな〟と、あらかじめアスィールと決めてあった。主君に心酔している若者という存在は、よからぬ企みをしている高慢で不遜な人間という存在にてきめんに効く。失言を促すのにもってこいだ。

――だけど。この展開は諸刃の剣でもある。

イェニチェリの男たちからすれば、小姓に庇われてもなお、沈黙しているアスィールの印象は最悪なはずだった。ズィー・ヤザンも指摘したとおり、主君としての資質が問われかねない事態だ。実際、ハーリスを始めとした男たちが浮かべる表情は、けっして明るくない。アスィールが致命的な傷を負う前に、彼の狙いが明らかになるといいのだけど――

しかし、私の心配は杞憂だったようだ。

ズィー・ヤザンという男は、想定していた以上におしゃべりな質だったらしい。

「実はね、先ほど報告を受けたのですよ」

懐から書簡を取り出す。

男は、どこか不敵に笑んで言った。

「陛下。イグニスで、農民どもがまた反乱を起こしたようですよ」

「……!? それは本当か」

「間違いないようです」

驚愕の色を浮かべたアスィールに、ズィー・ヤザンは不愉快そうに眉をひそめた。

「陛下はよくご存知でしょうが、ここのところ小規模の反乱が連続しております。我々にかかれば取るに足らない相手です。だが、いちいち鎮圧に赴くのも面倒だ」

ジロリとアスィールを睨みつける。

「原因はわかっているでしょう？　アンタがふがいないからだ。いまの帝国なら、従属よりも自由を選択した方が得だと思われている。舐められているんですよ！」

軽蔑の色を浮かべ、ズィー・ヤザンは吐き捨てるように言った。

「ご兄弟揃って実に厄介ですね。伝説の王の血を引いているとは思えない。ただただ血統が優れているというだけで、尻拭いさせられるこちらの気にもなってほしいものだ！」

「貴様！　不敬だぞ!!」

「………………」

ヌールが吠える。だが、アスィールはなにも言い返さない。ただ眉をひそめているだけだ。端から見ていると、図星を刺されたようにも見える。その事実は、ズィー・ヤザンに劇的な変化を与えた。頬がみるみるうちに紅潮する。ふるりと体が歓喜に震えてるようにも見えた。己の主張が敵に通じたと感じた男は、どこまでも浮かれ――

「ハハッ！　情けないツラだ。今日だって我々に擦り寄ろうと思ったのでしょうが、無駄です。アンタに皇帝の座は重い。以前のように、母后の後ろに隠れていればいいのですよ。よろしければ私が代わりましょうか。我が家は大宰相にも伝手がありますからね！」

迂闊にも、決定的な言葉を放った。

「国は我々に任せて、あなたは狩りでもしていればいい」

「――なるほどな」

ふいに冷静な声が空気を切り裂いた。

「お前は俺に成り代わりたい。傀儡にしたいのだな」

誰もが声の主を驚愕の表情で見つめている。

ズィー・ヤザンでさえもだ。彼らの視線の先にはアスィールがいた。

「ずいぶんと不相応な野望を抱いたものだ」

「なにをッ……！」

ようやく反応を返した主に、ズィー・ヤザンは動揺を見せている。

クツクツと喉の奥で笑い、先ほどまでの無表情を綺麗さっぱり拭い去ったアスィールは、翡翠の瞳を楽しげにきらめかせながら、どこか飄々とした様子で続けた。

「ならば勝負といかないか」

「……勝負？」

「農民が反乱を起こしたのだろう？　どちらがより損害が少ない状況で鎮圧できるか、競おうではないか」

「なぜ、私がそんなことを……」

「最初に言い出したのはそちらだろう。俺の代わりに国を預かると言うのなら、お前こそ自分の資質を証明すべきだ」

きっぱりと言い切ったアスィール。

ズィー・ヤザンは訝しげに眉をひそめつつも、やがてゆっくりと口を開いた。

「……ダリル帝国は、もともと草原から興ったのでしたな」

「ああ。我が先祖は常に戦場に身を置き、他国から財を奪いながら領土を広げてきた。伝説の王以前にも偉大なる王は何人もいたが、誰もが戦場で華々しい功績を挙げている。皇帝を名乗るなら用兵が巧みでなければならない。おあつらえ向きの勝負だと思わないか」

「……こちらが勝てばなにをいただけるのです？」

「そうだな。お前は政に関わりたいのだったか。ならば、適当な地位をひとつ用意してやろう。念願の政に参加できる身分だ。そこからは、好きに振る舞えばいい。新しい法を作るなり、誰かを弾劾するなり、大宰相を目指すなり――」

アスィールが目を細める。どこか挑発的な笑みを浮かべた。

「不適格だと誹る王の代わりを用意するなり」

「ほう」

ズィー・ヤザンの瞳が妖しく光る。

いま、あの男の頭の中ではどんな計略が巡っているのだろう。背中に悪寒が走りそうな表情を浮かべた男に、アスィールは飄々とした様子で続けた。

「俺が勝った時は、主として認めてもらうからな」

「よろしい！」

ズィー・ヤザンが即答する。

彼は慇懃無礼なほど深い礼をすると、なんとも楽しげに口の端を歪めた。

「その勝負、受けましょう。後悔しても知りませんからね」

「後悔などするものか」

笑顔で告げたズィー・ヤザンに、アスィールは重ねて声をかけた。

「皇帝としての資質を見せてくれ。損害が少ない方が勝ちだ。ズィー・ヤザン」

「承知いたしました」

ズィー・ヤザンは上機嫌な様子できびすを返す。取り巻きを引きつれ去っていく背中を眺めながら、私はなんとも言えない気持ちでいた。

「「陛下！」」

側近たちがアスィールに寄っていく。

大変な状況になったと、誰もが青白い顔をしていた。

「どうして勝負などと！」

「あああ。ズィー・ヤザンめ。本当に腹が立つ」

「こんな事態になるなんて。も、申し訳ございません。自分がアレに楯突いたから」

特にヌールの顔色が悪い。自分の責任だと思い詰めている様子だった。

――まあ、意図的に暴走を止めなかったんだから、ちょっと可哀想だけれども。

この経験を活かし、短慮な部分が改善すればいいとは思う。とりあえずの目的が達成できたのは、ヌールという青年のおかげではあるから、多少は報われてほしい。

すると、静観していたハーリスが寄ってきた。

「どうするつもりですか。そもそも、あなたが自由に使える手勢はそういないでしょう」

忌々しげな表情で、ズィー・ヤザンが消えた方向を睨みつけている。

皇帝直属の歩兵部隊。本来ならアスィールが直接動かせる手勢がイェニチェリだ。だが、いまのイェニチェリの主権を握っているのは反皇帝派のズィー・ヤザンである。

「穏健派を頼りにするつもりですか」

「そうするしかないだろうな」

アスィールの返答に、ハーリスの表情が険しくなった。

「正直、難しいと思いますがね。さっきまでの陛下の振る舞いはだいぶマズい。途中から態度が変わったから、なにか狙いがあったんだろうって俺は理解できましたが――。実際、穏健派の兵は、戦場以外のことはからっきしの奴らばっかりだ。みんな、腕っぷしがすべての世界で生きてる。戦場でもない場所で、一方的にやられてる陛下に命を預けたいと思いますかね？　だったらまだズィー・ヤザンの方がマシだ」

たとえ穏健派であろうとも、手を貸してくれるかわからないと言外に告げたハーリスは、もどかしげに頭を掻(か)いた。どこか煮え切らない表情をしている。

「カマールの野郎とは昔なじみだ。アレが頼むと言ったから、陛下に協力してはいます。できればほっぽり出したくはねえ。俺が献上した女も寵愛(ちょうあい)してくださってるようだしな。だが、さすがに命の懸かった場面じゃあそうはいかねえだろう」

とたん、ハーリスの存在感が増した。肌がチリつくほどの威圧感――

放たれているのは、身も凍るような殺意だった。

「アスィール陛下。あなたは俺らの命を預けるに足る人間なんですかね」

「……………」

私は、すかさずふたりの間に割って入った。

「なにも問題ないですよ」

「お前……」

不愉快そうに眉をひそめたハーリスに、淡々と告げる。

「ようは信頼を勝ち取ればいい話でしょう？　最初から勝算はあったんです。そのための方法も理解しています。でなければ、こんな危ない橋を渡ったりしない」

身もすくむような殺意を叩き付けられても、まるでひるまない。

凜と澄まして話せば、ハーリスはふいに視線を逸らした。

「そうかよ。ならいいんじゃねえか」

冷気のような殺意が霧散した。気まずそうに、なにやらブツブツとつぶやいている。

「やっぱりなにもんなんだよ……」

――ただの奴隷ですけどね。

「ともかく、これからどうするかです」

仕切り直すようにみなに向かい合う。

笑みを浮かべた私は、ガッシとアスィールの腕を鷲摑みにした。

「その前に反省会をします」

「はっ……⁉　ちょっと待て、ライ……」

「アスィール様をお借りしますね」

寵姫だからと遠慮しているのか、私の行動をアスィールの側近は止められないようだ。

イェニチェリの団員たちが、目をまん丸にしている横を通り抜けて、アスィールを建物の陰に連れ込む。ドンッ！と、勢いよく壁に手をついて彼を閉じ込めた。

「ライラー……？」

困惑しているアスィールに、ずいっと顔を寄せる。

「さあ。お説教の時間ですよ」

怒りを迸(ほとばし)らせて告げれば、アスィールの口もとがひくりと歪んだ。

＊

武器倉庫と思われる建物の側には、整理されていない武器がいくつか放置されている。

人気(ひとけ)のない薄暗い場所で、壁側に追いやられたアスィールは苦く笑った。

「前にも似たような形で、壁に押しつけられたことがあったな」

「市場で買い物をした時でしたっけ」

「男の俺としては、できれば押しつける方に回りたいんだが」

「そんなの知りませんよ。私は必要だからこうしているだけです」

ジロリとアスィールを睨みつける。

「誤魔化さないでください。私がなんで怒っているのか、わかっているでしょう？」

「……まあ、ある程度は想像がついている」

「なら、なんで勝手に勝負事に持ち込んだんですか……！」

ズィー・ヤザンの目的を明かすために一計を案じはした。だが、勝負を仕掛けようとは言っていない。なにも聞いてませんよと凄めば、彼はへらりと緩んだ笑みを浮かべた。

「なんでと言われても。白黒つけるには勝負事が一番だろう？」

「負けたらどうするんですか！」

「負けないさ」

穏やかな眼差しを私に注ぐ。ふんわりと春の日差しみたいな笑みを浮かべた。

「俺にはお前がいる」

「なっ……」

「ズィー・ヤザンほどではないが、俺だって用兵に関しては自信がある。兄上が存命だった頃、鳥籠に入れられるまでは地方で一軍を率いていたからな。そんな俺と、女だてらに馬を乗りこなし、銃なんかで目を輝かせ、戦場を眺めたことがあると嬉々として語り、兵法書を熟読していたお前がいれば、なんとかなりそうじゃないか？」

「さすがに信頼しすぎでしょう……。実戦ではまだなんの実績も示せていないのに」

「そうか？　問題ないと思うがな」

アスィールの瞳が悪戯っぽく輝く。

「お前は、どこの為政者に嫁いでも通用するように育てられたのだろう？　立ち居振る舞いを見ていればわかる。俺はお前の父親が施した教育を信用しているんだ」

「……！」

尊敬している父を持ち出されるなんて。胸の中心から温かい感情が広がっていった。頬や耳が熱い。顔が緩みそうになるのを必死に耐える。なんだか体がソワソワした。

――アスィール様のこういうところって、本当に……。

ふっと笑みを漏らし、なによりも嬉しい言葉をくれた男を見つめる。

「……光栄です。勢いでやらかしたのかと思いましたよ」

「お前じゃあるまいし」

「その発言には遺憾の意を示したいんですが！」

顔を真っ赤にして抗議する私に、アスィールはどこか楽しそうだった。

「まあ、俺も実績がほしかったんだ。気が急いていたのは認めるさ」

「もう！」

確かに、できる限り早く実績がほしいのは事実である。

思えば、ファジュルもそうだった。彼女も優劣をつけるのに勝負事を好むようだ。もしかすると、親子揃って物事を曖昧にしておけない性格なのかもしれない……。

「ま、勝負を仕掛けてしまった以上、仕方がないですね。腹を据えて、これからどうするか考えていきましょう」

むんと胸を張れば、アスィールが苦く笑ったのがわかった。

「そうだな。奴の狙いもわかったことだし。ズィー・ヤザンの氏族は、かつて草原の覇権を巡ってダリル帝国の祖と争った。まだ、過去の栄光を忘れられないのかもしれないな」

「だからといって、アスィール様を傀儡にしようとするだなんて」

ムカムカと腹が立った。これは、為政者に対する最大の侮辱である。

――ぜったいに赦せない。

「目に物見せてやりましょう。後悔させてやるわ」

鼻息も荒くつぶやいた私を、アスィールは笑いながら見つめている。

「それで、どうするつもりだ？　まずは穏健派の兵たちを、なんとかして仲間に引き入れなくちゃならない。勝算があると言っていたが――どうやって信頼を勝ち取る？」

「そんなに難しい話ではないですよ。兵の掌握方法でしょう？」

私の父は、おおぜいの兵を抱える武家だった。戦いを生業にしている男たちは、一癖も二癖もあるのが普通だ。当然、反発する人間だっていた。部隊内の不和は、時に家の運命さえも左右する。男たちの心を繋ぎ止めるのは、武家の人間からすれば至上命題だ。

そんな状況で、父は見事に男たちの心を掴んでいた。

別にそう難しいことはしていない。言うなればそう――

父という屈強な武士。その存在こそが彼らを率いるための要だった。

「使うのは腕っぷしです。腕力がすべてを解決してくれます」

女主人の心得とは真逆。

理屈では駄目だ。戦場で生きる彼らを従えるのに必要なのは――純粋な力。

「ラ、ライラー？　なにをするつもりだ」

アスィールはどこか青ざめた表情をしている。

「無茶はしませんよ。見ていてくださいね」

気遣わしげな彼に背を向けて、さっさと歩き出した。

武器倉庫の陰から出ると、ちょうど片付け前の武器が置いてあるのが見えた。

銃が主力になったとはいえ、まだまだ近接武器の需要はある。蓋の開いた樽(たる)に乱雑に放り込まれた中から、槍(やり)を一本持ち出した。故郷で使っていたものより長くて重いが、ハレムに入ってからも訓練を欠かしていないから使えないこともないだろう。

ひゅん、と何回か振って、手応えを確認する。

——うん。いける！

先ほどズィー・ヤザンとやり合っていた場所には、ハーリスを始めとして、いまだ穏健派の男たちがたむろしていた。ポカンとしているアスィールを置いて歩き出す。

——さあ。ここからが私の仕事だ。

腹心として——思いっきりやってやろうじゃないか！

＊

男たちの近くに到着すると、槍を地面について仁王立ちになり、思い切り叫んだ。

「なんと情けない。主君を軽んじ、我が物顔で振る舞うズィー・ヤザンに一泡吹かせる好機だというのに、なにを日和(ひよ)っているのです。ここに真の戦士はいないのか！」

ざわついていた周辺が一気に静まり返る。

小姓、それもずいぶんと年若く見えるだろう小僧の発言に、誰もが注目していた。

「ライ……なにをするつもりだ」

ハーリスが驚愕の表情を浮かべている。

顔見知り連中の驚いた様子を面白く思いながら、みなに朗々と語りかけた。

「至高の国家を支えるイェニチェリといえば歴戦の勇士。そして皇帝の剣です。かつては、その名は大陸中に轟いていたと聞きます。戦場に軍楽が鳴り響くと、それだけで敵が及び腰になる。まさしく最強の軍団——それはいまも変わらないはずなのに」

思いっきり眉をひそめてみせる。

侮蔑さえ感じるほどに冷たい目線で、居合わせた男たちを射貫いた。

「あなたたちには失望しました。主君が剣を必要としているのに、誰も名乗り出ない。ずいぶんと腑抜けたものだ。牙を抜かれた獣のよう！」

「好き勝手言うんじゃねえ！」

ひとりの男が前に出た。筋骨隆々、顔面に大きな傷跡を持った男だ。

いかにも沸点が低そうな男は、実におあつらえ向きである。

さしずめ戦士版の高慢で不遜な人間だ。戦場での経験が彼を調子づかせている。

となれば、私は主君に心酔している若者を気取ればいい。言葉巧みに、都合のいい方向に流れを持っていくだけだ。

そんな風に思っていると、予想どおりに男は真っ赤になって叫んだ。

「俺らは皇帝の剣だ。だが、道具じゃねえ。意思がある。誇りだってあるんだ。戦士として劣る〝狩人〟に預けるような安い命はねえんだよ!!」

「そうだ、そうだ！」周囲から賛同の声が上がる。

ハーリスが言っていたとおり、穏健派には噂を頭から信じている人間が多いようだ。武力に頼って生きている人間にありがちな話である。ある意味、彼らは素直だ。情報をまっすぐに受け止める。実に都合がいい。思い知らせてやるだけですむ。

アスィールが……いや、彼に追従する私が、いかに優秀かを印象づける。

それだけで流れは変わるはずだった。そのためには嘘だってためらわない。

「お前たちが、我が主よりも優秀だと？　冗談でしょう」

「はあ？」

「アスィール様がズィー・ヤザンに劣ると誰が決めたのですか。用兵だけじゃない。剣の扱いにだって優れている。私は幼い頃から、かの御方のもとで鍛錬を積んできたんです。小姓として、アスィール様の実力を嫌というほど知っている！」

「………」

もちろんでまかせだ。真実を知っている小姓のヌールが奇妙な顔をしている。

頼むから口を挟まないでね、なんて思いながら、さも事実のように続けた。

「自信を持って言います。アスィール様はこの場にいる誰よりも強い！」

「なんだとお!? ンなわけねえだろうが!!」

男が理想的な反応を示してくれた。ゆだったように顔が真っ赤で、額に浮かんだ血管はいまにも切れそうだ。彼は血走った目で私を睨みつけると、ハーリスを指差して言った。

「皇帝陛下だろうが、ハーリス団長より強いわけがねえ。みんなそう思うだろう!!」

「そうだ！　俺らの団長を馬鹿にするんじゃねえ」

「適当なこと言ってんじゃねえぞ！」

「お、おい。お前らなにを言って……」

当のハーリスは困惑を隠せないようだった。ちらちらと私に視線を寄こす。

――俺を巻き込むなって言いたいんだろうけど。

もとより、奴隷である私を購入した時点で手遅れだ。諦めてほしい。誰が逃がすものか。最後まで付き合ってもらうんだから。

にんまりとほくそ笑んだ私は、槍を天高く掲げて、周囲の男たちに問いかけた。

「ならば、ハーリス第二師団長を倒せば実力を証明したことになるか!?　勝利を勝ち取った暁には、我が主に協力すると約束するか⁉」

「そりゃあいい‼」

「できるもんならやってみろ！」

わあっ！と、一気に男たちが盛り上がりを見せた。

いい退屈しのぎを見つけたと言わんばかりの反応に、内心で手応えを感じる。

「ライ！」

振り返れば、アスィールが不安げな表情で私を見つめていた。

勝手に勝負をお膳立てされているのだから当然だ。

「じゃあ、これから〝狩人〟と団長との一騎打ちを――」

「待ちなさい」

すかさず前に出る。槍を片手に、私は凛(りん)として言った。

「一騎打ちに臨むのはアスィール様ではありません」

「なら、誰が戦うんだ」

困惑の色を隠せない男たちに、努めて冷静に続けた。

「ハーリス団長のお相手は私が務めます」

「なっ……！　てめえ、舐(な)めてんのか‼」

「もちろん本気ですよ。このような場で、いきなり総大将を出すはずがないでしょう。私がやります。奴隷になってからずっと、アスィール様のもとで武芸を磨いてきました。こちらが勝てば、アスィール様の実力は証明されたも同然でしょう？」

「お前――」

すると、ハーリスが寄ってきた。困惑に染まりきった顔を寄せて耳打ちする。

「……わざと負けろってことか？」

彼は私が何者かを知っている。眉間に深い皺を刻み、獣が唸るような声で続けた。

「戦士としてそれはできかねる。勝負の場で地面に膝をつくなんて、死んだ方がマシだ」

――ああ。やっぱり見込んだとおりの男だわ。

どこまでもブレない。戦士として清廉潔白な姿は惚れ惚れするほどだ。

とはいえ、私も彼の矜持を傷付けるつもりはない。挑戦的な眼差しを向けて言った。

「まさか！　本気で来てください。ご心配なく。私は負けません」

「……!!」

ハーリスの気配が変わった。

「どうなっても知らねえからな」

ビリビリと肌がヒリつくほどの威圧感。鋭い眼光はいまにも射殺そうとせんばかりで、彼の逆鱗に触れてしまったのが嫌というほどわかる。

──でも、手を抜いてもらったら困るのよね。

歴戦の勇士たるイェニチェリを謀るには、本気でぶつかってもらわないといけない。

ここは実力で押し切るしかないのだ。力はすべてを解決するのだから。

「わかった！　俺はこの小姓と一騎打ちするぞ!!」

「うおおおおおおっ！」

ハーリスの宣言に、男たちが熱狂的に応える。

地面を揺るがすような怒号の中で、アスィールはどこか不安げに立ち尽くしていた。

「………。ライ」

──ちょっと可哀想かも。

彼の立場上、止めろとは言えない状況を作り出してしまった。

きっとすごく不安に──

「どこが無茶はしないだッ……！」

──あ。違う。めちゃくちゃ怒っていらっしゃる。

別に無茶というほどじゃないと思っていたんだけどなあ。

どうも解釈違いだったらしい。なんてこった。後でお説教かもしれない。

お説教は嫌だなあと思いつつも、彼に背を向けて歩き出す。

正直、フワフワした足取りにならないようにするのが大変だった。

だってすっごく楽しい。ファジュルとの緊張感あふれるやり取りもいいけれど、武器を手に勝負を仕掛ける時の高揚感も好きだ。武家の血が騒いで仕方がない！

——こんなだから、デュッリーに〝物騒〟なんて言われちゃうのよね。

ハレムでお留守番しているはずの側近の顔を思い出して、思わず笑みを浮かべた。

＊

多くの観衆が見守る中、私はハーリスと対峙(たいじ)していた。

「やめるならいまだぞ。ライ」

ハーリスは湾曲剣(シャシミール)を手にしていた。対する私は槍だ。懐に小剣も挿している。

何度か槍を振って調子を確認しながら、笑顔を浮かべた。

「お気遣いなく。そちらは大丈夫ですか？　お腹(なか)が痛くなってもやめませんけど？」

あえて挑発すると、ハーリスは不愉快そうに口を引き結んだ。

「負けても慰めてなんかやらねえからな」

ハーリスが吐き捨てたのと同時に、審判役が手を掲げる。

「始め！」

瞬間、私たちはいっせいに駆け出した。

きっと、誰もが勝負はすぐに決着すると予想していたに違いない。

なにせ圧倒的な体格差があった。しかも、彼は男で私は女。その事実は覆せない。

槍(やり)の攻撃範囲は広いものの、それを差し引いてもなお、そもそもの地力が違う。

「くうッ！」

一合目から衝撃で手が痺(しび)れる。

さすがは第二師団長。実力は申し分ない。

このまま打ち合いが続けば、武器を取り落としてしまう可能性が高かった。

けれど――

こっちだって負けるつもりはない。

「……ッ!?」

時間が経(た)つにつれ、ハーリスの表情が険しくなっていくのがわかった。

私はひたすら彼の攻撃をいなし続けていた。踊るような足取りで、強烈な一撃を受け流す。けっして相手を間合いに踏み込ませない。くるくると体を回転させて、嘲笑うかのように彼の攻撃をすべて無効化していった。自分からは攻撃を仕掛けない。好機が訪れるのをじっと待っている。

渾身の一撃も、横薙ぎの一刀も空振りしたハーリスは、苛立ちを露わに叫んだ。

「いつまでそうしているつもりだ！　そんなんじゃあ決着がつかねえぞ‼」

「あっ……」

瞬間、ハーリスの剣が側頭部を掠った。

気が緩んでいた？

いや、違う。ハーリスが私の間合いに慣れてきたのだ。

そのせいで隙を突かれたに違いない。

――ああ。強いなあ！

さすがは第二師団長になるだけの実力はある。ちっとも油断ならない。

千切れたターバンが解けて、中から黒髪がこぼれる。ひとつ結いにしておいてよかった。髪が露わになっても戦いに支障はない。

間を置かずに再び迫ってきた刃をいなす。槍の柄を鈍い音を立てて刃が滑っていく。

少しずつ間合いを詰められているのを実感して、ひやりと背中に冷たい汗が伝った。

「団長――!!　やっちまえ～!!」

「生意気な小姓を叩き潰せ!!」

団員たちが声を張り上げている。鼓膜がビリビリと震えるほどの熱狂。

この場にいるほとんどの人間が、私が負けるのを期待している。無様に地面に転がるのを楽しみにしている。なんてことだろう。それって――

――最高に燃えるかも！

うっすら笑みを浮かべて槍を振るう。

「お前……！」

追い詰められているはずなのに、笑っているなんて。

ハーリスは、なにか奇妙なものを見るような目で私を見つめていた。

当然だ。必死の形相なんかになるはずがない。

槍と剣を交わすたび、ハーリスが私を追い詰めるたび――

こちらの勝率が上がっていくのだから。

「いい加減、勝負を決めましょうか！」

勢いよく声をかければ、ハーリスがククッと小さく笑ったのが見えた。

「望むところだ。コンチクショウ！」

彼もそれなりに楽しんでいるらしい。

額に汗をにじませた彼は、大きく踏み込んで湾曲剣を勢いよく薙いだ。

全力を込めた一振り。喰らったら、私の胴体は上下に泣き別れしていたかもしれない。

だが、深追いがすぎる。間合いが広い私を傷付けようと、普段より踏み込みが深い。

──こういう攻撃を待ってた！

ひらり、と軽やかに脚を運んでハーリスと距離を取る。

槍の間合いよりも遠くに離れた私を、ハーリスは意外そうな顔で見ていた。

──逃げた、と思ったに違いない。でも私の狙いはそこじゃない。

「ハハッ！」

小さく笑った私は、思い切り槍を振りかぶって──

ハーリスに向かって投げつけた。

「なっ⁉」

驚きに満ちた声。渾身の一撃を見舞うため、深く踏み込んでいたハーリスは動けない。

彼の顔面に向かって槍が飛ぶ。ハーリスは無理やり体を捻って避けた。

──いまだ！

槍は囮だったのだ。

目線が私から逸れる。素早く死角に移動してハーリスの懐に飛び込んだ。

帯に挟んでいた小剣を抜く。神への祈りが刻まれた刀身を首もとに突きつける。

彼の首にぽつりと赤い玉が浮かんだ瞬間——不敵に笑んだ。

「私の勝ちです。ハーリス第二師団長」

あれほど騒がしかったのに、しん、と辺りが静まり返っていた。

「アイツ、やりやがった」

そう言ったのは、いったい誰だったか。

勝負を見守っていた男たちが、いっせいに歓声を上げた。

「うわあああああ！　なんだこれ!!」

「嘘だろ。鳥肌立った!!」

大騒ぎしている男たちをよそに、ハーリスはひとり呆然としていた。

「……クソ。武器を投げつけるなんて、卑怯じゃねえか」

よほど悔しいのかブツブツ文句を言っている。

納得しきれないという様子の彼に、私は種明かしをしてやった。

「卑怯もなにも。こういう手法なんです。女が男に勝つための槍術ですから」

私の槍術は普通じゃない。薙刀を使うことを前提に作られている。

刀よりも攻撃範囲が広い薙刀は、平安時代までは多くの武将が愛用していた武器だ。一騎打ちでは他に類を見ない強さを誇ったらしいが、戦国の世になり、足軽を中心とした集団戦が主流になると戦場から姿を消していく。

男たちに代わって、薙刀を手に取ったのが女たちだ。

刺突が主な攻撃方法の槍と違い、斬撃も利用できる薙刀は女性にとって扱いやすい。振り上げさえすれば、後は自重に任せて振り下ろすだけですむからだ。

私の母も薙刀を愛用していた。夫君が不在の時、もしくは味方が敗れて天守閣まで攻め入られた時、女だって戦わねばならない場合がある。力の強い男には正攻法では敵わない。そのせいか、相手の隙を突くための工夫が薙刀の技法には多く取り入れられている。

「……というわけなんです」

「クソ。女だと侮った時点で負けてたってことか？」

「かもしれませんね」

クスクス笑って片手を差し出す。

「まあ、たとえ卑怯だと罵られようと、戦場では命を獲った方が勝ちですよね？」

これ以上、文句は受けつけないと目で語れば、ハーリスは実に楽しそうに笑んだ。

「確かにな」

私の手を握り返す。ぐるりと周囲を見回した彼は、声高らかに宣言した。

「俺の負けだ！　これで、皇帝陛下がこの中でいちばん強え男だってわかったろう!!」

「「「うおおおおお!!」」」

「ズィー・ヤザンとの勝負に参加する奴は名乗り出ろ。あのいけ好かねえ野郎をぶっつぶしてやろうぜ!!」

――よかった。

男たちの歓声を嬉しく思う。

ホッと胸を撫で下ろしていると、ハーリスが困り顔で私を見ているのに気がついた。

「だから、お前は本当になにもんだよ……」

「ただの奴隷ですってば」

「嘘だ。ぜったいに嘘だ!!　こんな奴隷がいてたまるか!!」

顔をクシャクシャにして笑ったハーリスは、私の頭を乱暴に撫でた。

「わあああっ！　や、やめてください！」

髪がめちゃくちゃになって思わず情けない顔になる。

すると、アスィールがひとり佇んでいるのに気がついた。

得意満面で拳を向ける。

「勝ちましたよ！」

熱気に包まれた広場で、彼は安堵に満ちた表情でうなずいてくれた。

# 閑話　新米皇帝（スルタン）の胸のうち

「弟よ、共に国を盛り立てていこう。かの伝説の王のように！」

母より政の実権を受け継いだ時、兄イブラヒムは俺にこう言った。

もちろん素直にうなずいた。兄は誰よりも民を想（おも）っている。皇帝（スルタン）としての資質も俺より高い。自分は補佐に徹するべきだろう──そう、思っていたのに。

兄は変わってしまった。自分勝手な正義に犯され、民を傷付けて自らの首を絞めた。

「アスィール！　お前は鳥籠（カフェス）行きだ‼」

そう告げられた時は、目の前が真っ暗になったのを覚えている。

民からの不満を受け、たびたび諫言（かんげん）する俺を疎ましく思ったらしい。

適当な罪をでっち上げた兄は、俺を拓殖の間（シムシルリキ・ダイレスティ）に幽閉した。

国のためにと笑い合っていた日々が、まるで夢だったかのようだ。

──兄にとって、俺はいつ切り捨てても構わない存在になった。

あの一年間はいまでも夢に見る。

半地下の部屋はいつだって薄暗く、黴の臭いが充満していて不潔だ。

最低限の調度品、冷めきった質素な食事、舌を抜かれた宦官の虚ろな眼差し――

皇位継承順位が低い皇子のために用意された部屋の環境は劣悪だった。

食事をするにも、水を飲むにも気を抜けない。いつ毒を盛られるかわからないからだ。

足音が聞こえるたびに体が震えた。兄から遣わされた宦官が、絹で俺の首を絞めに来たのかもしれないと部屋の隅で身を縮める。

頭の中はいつだって混乱していた。

信頼していた兄上が俺を殺すはずは――だが、彼が俺を幽閉したのは事実で。

なにもわからなかった。わからなくなってしまった。ただひたすらに怯え続けていると、あっという間に精神が疲弊してしまった。

夜をひとつ越えるたび、優しかった頃の兄の顔が思い出せなくなる。

涙をひとつこぼすたび、どうしてこうなったのかと後悔の念が募っていく。

心を慰めてくれるのは、鉄格子がはまった窓から見える外の景色だけ。

それすらも――最後は俺を苛んだ。

運命の日。俺が幽閉されてから一年ほど経った頃だ。

真夜中だというのに、やけにハレム内が騒がしかった。なにがあったのかと、鉄格子越しに外の様子をうかがっていると、予想だにしない人物の姿が見えた。

兄のイブラヒムだ。

皇帝らしい豪奢な衣装に身を包んだ彼は、やけに取り乱した様子で拓殖の間の前にある広場へ躍り出てきた。息も絶え絶えという様子に目を瞠る。

――いったいなにが……？

兄は俺の存在に気がついてないようだった。

声をかけるべきか迷っていると、そこにおおぜいの人間がなだれ込んでくる。

「若人王!!　覚悟せよ」

イェニチェリだ。

彼らは兄を取り囲むと、あっという間に取り押さえた。

「やめっ、やめろ。我を誰だと思っているッ……!!　ダリル帝国皇帝ぞ!!」

抗う兄の体を拘束し、頭を地面に押しつける。

月光に輝く白刃を手にしたイェニチェリの男が、兄の前に仁王立ちになって叫んだ。

「刮目せよ！　これが、傍若無人、邪知暴虐の王の最期だ!!」

——思い返せば、あの男こそがズィー・ヤザンだったのだろう。

男は兄の首を一刀両断すると、誇らしげに天高く掲げた。

湧き上がる歓声。

俺は、白々とした月光に晒された兄の首を眺めて、すべてを悟った。

兄は間違ったのだ。

為政者として決定的に道を誤ってしまった。

だから命を獲られる。民から死を望まれてしまったからだ。

ぞくりと全身が粟立つ。震えが止まらず、必死に悲鳴を呑み込んだ。

——なんて恐ろしい。

イェニチェリに踏みつけにされている兄の体が。虚ろな兄の瞳が。うっすら開いた口からこぼれた舌が。滴り落ちる鮮血が——

すべてが物語っていた。

これが道を誤った為政者の末路だと。

「……嫌だ。嫌だ。嫌だ。嫌だッ……！」

失敗が恐ろしい。ひとつの間違いがすべてを台なしにして無に帰する。

——次は俺がああなるのかもしれない。

震えが止まらずに両耳を塞ぐ。

床に座り込んで、外界の騒乱が収まるのを息を潜めて待つことしかできなかった。

＊

ハーリスとライラーの勝負が終わった後。

安堵の表情を浮かべた俺に、どこか苦々しい表情のハーリスが寄ってきた。

「とんでもねえ奴だな。どうなってんだアレ……」

いまだ熱気が醒めやらない男たちを眺めながら、ブツブツといつまでもボヤいていた彼は、俺と視線が交わると、どこかふてぶてしい様子で言った。

「ま、負けちまったのは事実だ。今度の勝負、俺と仲間の命をあなたに預けますよ」

差し出された手を握り返し、ホッと息を吐いた。

——穏健派の兵たちを確保できたか。

一時はどうなることかと思ったが、やはりライラーの手腕は素晴らしい。

あっという間に状況をひっくり返してしまった。

「ああ、任せてくれ」

神妙な顔でうなずいた俺に、ハーリスは苦い顔になった。

「大船に乗ったつもりでと言いたいところだが――ズィー・ヤザンの一派に比べれば数は劣る。状況は圧倒的に不利だ。本当に大丈夫なんですか？」

「……大丈夫とは、どういう意味だ」

「あ～……。ええとですね」

視線を宙に遊ばせたハーリスは、意を決したように口を開いた。

「無礼を承知で言います。俺はまだあなたを信頼できていない」

「なんだと？」

「そりゃそうでしょう。ライラーの機転で、穏健派の野郎どもは騙せたようだが、あなた自身が実力を示したわけじゃない。それに〝狩人〟なんて不名誉なあだ名をつけられる原因を作ったのは陛下自身だ。そのせいで、ずいぶんと周りに舐められてるでしょう。あなたは、すでにひとつしくじってる。印象操作を蔑ろにしちまったんですからね」

――失敗……。

ぐわん、と視界が歪んだ。鼓動が速まったのがわかる。

顔色をなくしてなにも言い返せないでいる俺に、ハーリスは再び問いかけた。

「何度でも聞きますよ、陛下。あなたは俺らが命を預けるに足る男ですか？」

ギュッと拳を強く握りしめる。

――これは間違ってはいけない、ぜったいに失敗してはいけない問答だ。

なんとか表情を取り繕うと、俺は必死に声を絞り出した。

「そうであると、これから証明してみせるさ。期待を裏切ったりはしない」

ハーリスがわずかに眉根を寄せた。

「……若いな」

ぽつりとつぶやいて小さく息を漏らす。

「だが――まあ、悪くはない」

とたんに表情を和らげた彼は、素直に頭を下げた。

「差し出がましいことを言いました。処分は如何様にでも」

「……今回は許す。下がってくれ」

「寛大なお心に感謝します」

「ああ。勝負の時は頼む」

敬礼をしてハーリスが去っていく。

間違わなくてすんだようだ。胸を撫で下ろしていると、ライラーが近寄ってきた。

「ハーリス様って、戦い以外はわからないと言うわりに、けっこう周りをよく見ていますよね。進言しようと思う胆力もあるし、ズィー・ヤザンと違って……」

ちらりと、ライラーが意味ありげに俺を見る。

「主君の行いを、見守るだけの寛容さも持ち合わせているみたいです」

「…………。ああ、そうだな」

言葉少なに答えると、ふいに背中に温もりを感じた。

「大丈夫ですか？　ひどい顔をしていますよ」

ライラーが俺の背をゆるゆると摩っている。

「そんなにか？」

顔に出ていたのかと、なんだか自分が情けなくなって、目もとを手で覆った。

「悩んでいるんでしょう？　少し吐き出しますか？」

「なっ……」

驚いて顔を上げると、キラキラと輝くアメジストの瞳と視線が交わる。

「演習場に向かっている時から違和感があったんです。なにを恐れてるんです？」

隠していたつもりだったのに、彼女に気付かれていたなんて。

――なんて情けない。

思わず顔を背けた俺に、ライラーは気遣うような視線を向けた。

「話したくはありませんか？」

「だが……」

なおも逡巡する俺に、ライラーは諭すように続ける。

「優れた指導者は、自らの胸の内を明かすことをためらったりしないそうですよ」

「……それは誰の言葉なんだ？」

「父が言っていました。ひとりでなんでもできそうなくらい強い人ではあったんですが、意外と母の前では正直で」

ふっとライラーの表情が緩む。どこか遠くを見て続けた。

「なにかあるたび、お互いの悩みを包み隠さず話し合っていました。おかげで、意外なところから解決方法が見つかったりして……とてもいい関係を築いていたんです」

ライラーの故郷は、敵方に攻め込まれて滅びてしまったのだという。

思い出すたび辛い気持ちになるだろうに、彼女は故郷や家族の話を躊躇なく口にする。

失われた故郷そのものが、彼女の芯に近い部分を構成しているのだろう。そこで過ごした温かな記憶が、ライラーが受けた愛情が、思いやりが、いまの彼女を形作っている。

そのせいだろうか。ライラーの言葉はとても優しくて――耳に心地よく響く。

「そんな両親に憧れていたんですよ。だから」

「俺の悩みも聞きたいと？」

思わず言葉を被せると、彼女は「そうです」と目を細めた。

「私とアスィール様は夫婦とは違いますが、それでもお互いに支え合う関係でしょう？」

だから頼ってほしい。心の内を明かしてほしい。

ライラーは花の蕾がほころぶように笑った。

「一緒に解決方法を探りましょうよ」

――なんて魅惑的な言葉だろうか。

じんと沁みて、視界がにじみそうになる。胸が震えて仕方がない。

俺には、素直に心情を吐露できる相手があまりにも少なかった。いまだ確固たる地盤を得ていない俺の近くには、どんな敵が潜んでいるかわからない。為政者は孤独な生き物だ。どんなに心細くとも、生まれ持った性なのだから、ひとりで耐えるべきだと思っていた。

……でも。ライラーの両親のような関係性が本当にあるのなら――？

そんな幸せなことがあるのだろうか。

「……ライラー」

無性に彼女の温度が恋しくなった。精神が不安定になると、拓殖の間に閉じ込められていた頃を思い出す。冷え冷えとした半地下の温度。身も心も凍てつかせるような冷たさを、いますぐ忘れたい。誰かの温もりに——触れたい。

そろそろと手を伸ばすと、ライラーはわずかに目を見開いた。

「アスィール様ってけっこう触りたがりですよねぇ」

伸ばした手を、ライラーが優しく握ってくれた。「誰が見ているかわかりませんから」と後ろ手で繋ぐ。小さい手だ。柔らかい。なにより——温かかった。

その事実が俺の心を解してくれ、安らげてくれる。

「寂しくなっちゃったんですか」

今日は特別ですよ、とライラーは悪戯っぽく笑う。

ぎゅうっと胸が苦しくなって、彼女を抱き締めたい気持ちを必死に耐えた。

——ああ、まったくライラーには敵いそうにない。

俺は心の中で密かに白旗を揚げた。

「……失敗が恐ろしいんだ」

素直に感情を吐露すると、ライラーは真剣な眼差しを俺に向けた。

アメジストの瞳に促されるように、次々と言葉を吐き出していく。

「兄上は失敗した挙げ句に殺されてしまった。……見たんだ。兄上の首級が掲げられる瞬間を。すべてを失う瞬間を。それから失敗が怖くなった。思えば、母上に政の表舞台を任せたのも、それが原因だったのかもしれない。逃げたんだ。失敗しないために」

実際に言葉にしてみると、現実を突きつけられたような気分になった。

情けない。こんな自分が皇帝でいいのかとすら思える。

「その癖、俺は失敗した。〝狩人〟なんて呼び名が、こんなに足を引っ張るなんてな」

皇帝になったばかりの頃、民の実情を知ろうと、たびたび宮殿を抜け出した。その結果、政をせずに遊びほうけている〝狩人〟なんて呼ばれるようになってしまったのだ。

もともと、政で差配を振るうための調査だった。間違ったことはしていない。努力の結果でもある。だから放置してしまった。国を預かる以上は、民からの印象を軽んじるべきではなかったのに。

「俺は判断を間違えた。間違ってはいけない人間なのにだ」

――いつか、俺も兄のようになってしまうのだろうか。

後悔の念が頭の中でグルグルと回っていた。粘ついた汗がにじんで、鼓動が早くなる。

脳裏に浮かんだのは、天高く掲げられた兄の首級。

その顔が、一瞬で自分にすげ替わったような気がした。

「失敗しないなんて、どだい無理な話ですよ」

ハッとして顔を上げれば、ライラーは穏やかな笑みをたたえて言った。

「アスィール様は、皇帝として立とうと思い立ったばかりではありませんか。周りに頼りになる味方も少ない。経験も少ない。そんな状況で、失敗しないでいられるわけがない。私だって失敗ばかりですよ」

「おかげで、うっかり寵姫(ちょうき)の座なんて射止めてしまいました」と笑うライラーは、慈しむような眼差しを俺に向けて続けた。

「誰しも最初は上手(うま)くいきません。父も祖父にずいぶんと叱られたそうですよ。母だって、たくさんの失敗から学んだそうです。だから、すべてはこれからだって思えませんか」

　手を強く握って、ライラーはひどくまっすぐな調子で俺に訴えかけた。

「ひとつずつ経験を積み上げていきましょう。任せてください。間違いそうな時は体を張って止めます。たとえ失敗したって挽回(ばんかい)してみせます。むしろ、失敗だって成功の糧にすればいいじゃないですか！」

　ふるりと唇が震える。ああ、駄目だ。なんだか泣きそうだ。

「ほら！　背筋を伸ばして!!」

　パアン！と、今度は力いっぱい背中を叩(たた)かれる。

「いっ……！」

　情けない声を上げた俺に、ライラーは矢継ぎ早に声をかけた。

「背中が曲がってますよ。顎を引いて。凜と前を見て！」

まるで教師のように姿勢を正す。彼女は、ニッと無邪気に笑った。

「ひたすら自分を信じて、心のままに進んでください。どうしても自信がない時は、アスィール様を信じている私を信じればいいんです」

最後に声色を柔らかく変えた彼女は、どこかしみじみと語った。

「アスィール様は立派な皇帝になれます。〝狩人〟という汚名だって濯げるはず。だから、失敗を恐れないで」

——ライラーの存在はまるで奇蹟だ。

彼女は俺の足りない部分をすべて持っている。それだけじゃない。皇帝として未熟な俺を支えてくれる。心を温めてくれる。笑顔を向けてくれる。安心感を与えてくれる。

ライラーは俺の人生に必要な人だ。

ほしい。ずっと側に置いておきたいと思った。

為政者としてだけじゃない。ひとりの男としても。

「ありがとう。すまなかった」

いまにも暴れ出しそうな独占欲を押さえつけて声をかける。

彼女は楽しげに笑って、いつものように言った。

「お礼なんて！　私はあなたの腹心なんですよ。……年季明けまでですけど」

なんて無邪気で残酷な言葉だろう。胸に鈍い痛みを感じて苦笑してしまった。

だが、故郷を切望するライラーの気持ちはよく理解できる。俺だって生まれ育った場所を大切に思うからこそ、日々悩みながらも諦めずに皇帝として立っている。為政者として、国のために切磋琢磨してきた人間ほど、帰属精神は強くなるものだ。

だからこそ、彼女に俺との関係を強要したくなかった。

『俺に惚れてくれ』

そう言って、愛を乞うことしかできない。

ライラーを傷付けたくはないし、信頼を裏切りたくなかった。彼女の判断は速い。側にいられないと思われたら、あっという間に視界から消えてしまいそうだ。

とはいえ、諦めるなんて選択肢はなかった。

――いつか、彼女自身に俺の側を選んでもらえばいい。

為政者として、人として正しくあり続ける。それがライラーの心を射止める近道だ。

「……いつまでもクヨクヨしていられないな」

「少しは元気になりました？」

「ああ。おかげさまで」

「じゃあ、ズィー・ヤザンとの勝負に向けて、作戦会議と参りましょうか！」

「よろしく頼む――」

ふいに、美しい黒髪が視界を掠めた。艶やかな夜色の髪が太陽の下に晒されている。

眉根を寄せた俺は、上着を脱いで頭から被せてやった。

「わぷっ……！　な、なんです⁉」

目をまん丸にした彼女に、思わず苦笑してしまった。

さすがに言えない。その美しい髪を他の男に見せたくなかった、だなんて。

――ライラーの髪を愛でられるのは、俺だけの特権だ。

そんな風に思いつつも、適当な嘘をついて誤魔化す。

「顔が土埃で汚れている。結構ひどいぞ。それで隠しておけ」

「えっ。あ、ありがとうございます！　水場ってどこでしょうか」

「ヌールに案内させる。ついてこい」

ふたり並んで歩く。内心では、彼女への想いが嵐のように荒れ狂っていた。

――ライラー。頼む。俺に惚れてくれ。

何度も彼女に投げかけた言葉を心の中でつぶやく。

きっと、俺はこれからも彼女に同じ言葉を繰り返すのだろう。

だが、言葉に込められた感情の重さは毎回違う。
ライラーを知れば知るほど、俺の想いは深く、重くなっていくだろうから。
隠された重みに気付いた時、彼女はどんな風に反応するのだろう。
それが少し楽しみで――同時に恐ろしくもあった。

# 七章　和の国の姫君、伝説の始まりを予感する

農民たちによる反乱が起きたと報告を受けてから十日後。

「まずは我々の番ですね」

イェニチェリ総軍団長であるズィー・ヤザンは、その地位にふさわしい実力を発揮した。抵抗を見せる反乱軍を次々と下し、手慣れた様子で追い詰めていったのだ。

ズィー・ヤザンが行動を起こしてから二週間が経っている。

その日、小高い丘に設置した天幕にて、私はアスィールと向き合っていた。

反乱が起きたイグニスは、アレハンブルより南、エステリア半島の中央に位置している。農業や牧羊が盛んな穀倉地帯だ。そこで農民たちが蜂起した。

「どうして反乱なんて……。原因はわかりますか？」

「はっきりとは言えないが、徴税請負人への不満は一因にあるだろうな」

アスィールの父親の代に、ダリル帝国では財政構造の大きな変革があった。

　以前は、戦争で成果を上げた騎兵に報奨として土地を与え、徴税権と治安維持を委ねて、戦時には兵を引きつれて軍務に就く義務を課していた。国に税を納める必要はなく、帝国の収入源は王領での収入や鉱山収入だ。騎兵を重要視していたからこその仕組みである。

　だが、火器が戦争の中心になっていくにつれ、騎兵の重要性は減ってしまう。同時に、帝国は現金収入を必要としていた。火器を扱うイェニチェリや非正規兵を雇うためだ。帝国は騎兵に頼っていた仕組みから脱却するため、そして更なる収入を得るために改革を行った。そこで登場したのが徴税請負人である。

「徴税請負人は、国から地方の徴税権を買い上げて、政府に一定額を納税するのですよね。それなりに理に適った制度のような気もしますが……」

「どうだろうな。国庫へ規定の金額を納めた以外の税収は、徴税請負人の懐に入るんだ。そのせいで、私腹を肥やそうと民へ不必要な重税を課す事件がたびたび起こっている。反乱の原因はそれだろう」

「……制度に欠陥があるのでは？」

　胡乱げな眼差しを向けた私に、アスィールは小さく肩をすくめた。

「そのとおりだ。だが、法の改正は遅々として進んでいない」

「どうしてです？」

「徴税請負人に抜てきされる人間は、有力政治家や軍人なんだ」

「なるほど。腐ってますねえ」

げんなりしていると、アスィールがぽつりと言った。

「――とはいえ、さすがにこう頻発すると、誰かの意図を感じざるを得ないな」

「反乱を煽っている者がいるってことですか？」

「可能性がある、というだけだ。具体的な根拠は見つかっていない。だが、国が打撃を受けているのは事実だ。このままじゃ、食料の確保に難儀するだろう。制圧するにも金と手間がかかるんだ。ただの農民の蜂起ではないんだぞ」

反乱には、徴税請負制によって領地を失った元騎兵や、戦争にあぶれた傭兵などの非正規兵も参加している。制圧するにしても危険が伴う――はずなのだが。

天幕から出て、遠くの景色を眺める。

小高い丘を下った向こうには、もうもうと煙が上がる戦場があった。

「圧倒的ですね」

「……ああ。評判どおり、ズィー・ヤザンは用兵術に長けているようだ」

つい先ほど、反乱軍とイェニチェリによる小競り合いが終了したばかりだ。

戦場となった場所の近くには、小さな村があった。反乱軍が潜んでいたという村は、遠目にも壊滅しているように見える。家々は崩れ落ち、石壁は壊されていた。村の中ではいまだ戦闘が続いているらしい。銃声がここまで聞こえた。そろそろ収穫期を迎えるはずだった小麦畑は無残にも踏み荒らされ、火が放たれた場所は黒煙が上がっている。あちこちにいくつも骸(むくろ)が転がっていた。群れからはぐれたらしい羊が悲痛な鳴き声を上げている。

──ひどい。

ふいに故郷の光景と重なった。見ていられずに視線を逸(そ)らす。

つい数日前までは、あそこでは人々が普通の生活を営んでいた。

反乱に加担していない民もいたはずだ。

なのに──暴力によってすべて壊されてしまった。簡単には元に戻らないだろう。

ズィー・ヤザン率いるイェニチェリたちは、反乱軍に加担していた村々をことごとく殲(せん)滅(めつ)していた。見せしめのためだ。他の地域に反乱は無駄な行為だと知らしめている。

しかも、ズィー・ヤザンの配下によれば、反皇帝(スルタン)派に負傷者はいるが死者は出ていないという。一軍の将としての能力はかなり優れている。

「失礼いたします！」

ズィー・ヤザンの配下の男が天幕に入ってきた。

「ご報告します。ズィー・ヤザンの采配により、村の制圧が完了いたしました」

「反乱軍は殲滅できたのか？」

「村に潜んでいた者に関しては、ご推察のとおりです。敵の本隊はいませんでしたが、首謀者の一味と思われる男を捕縛。本隊が隠れているらしい町の名を聞き出しました」

男が書簡を差し出す。アスィールが受け取って中身を確認すると、ここから東にある町の名や、敵の本隊に関する情報が書いてあった。

「ズィー・ヤザンより伝言です。『お膳立てはしてやった。自分こそが皇帝にふさわしいと思うのなら、反乱軍の本隊を叩き潰してみせろ』以上です！」

それだけ言うと、さっさと天幕を出ていく。思わず、アスィールと顔を見合わせた。

「お膳立てですって。枝葉は払ってやったから、とどめは任せると？　馬鹿らしい」

「穏健派との戦力差を考慮したんだろう。公平だな？　非常に腹立たしいが」

「地図を見せてもらえますか」

反乱軍の本隊が隠れているという町は険しい山沿いにあった。

古い王朝の砦を再利用したようで、切り立った山を背に町が作られている。

町への道は谷底に一本しかなく、周囲は山々に囲まれていた。

「……これって、難攻不落の砦って奴では？」

「俺が反乱軍の立場だったとしても、ここに本隊を設置しただろうな」

「同意です。守るに易く、攻めるに難い」

「敵方はどのくらいいると思う？」

「ズィー・ヤザンからの情報を鵜呑みにするのなら、五百余りらしいです」

「……俺たちの手勢は百五十余。ハハハッ！　笑えるほど不利だ！」

アスィールの表情が次第に冷めていく。チッと小さく舌打ちした。

「どう攻めます？　真っ正面から突撃しても死傷者が出るだけですよね」

「砦にこもられたら厄介だな」

「そうなったら一巻の終わりですよ。攻城兵器を使うにしても人数が足りません。上手く砦の中に入り込めたとしても、攻め手が足りないでしょうね……」

「持久戦になったら詰みだ。戦況が長引くのを、ズィー・ヤザンが許すとは思えない」

「向こうは負傷者のみ。私たちの誰かが死んだら、鼻高々に勝利宣言するでしょうね」

「「………………」」

思わず黙り込む。これは──本当に笑えない。

──大丈夫かな。

ちらりとアスィールの顔色をうかがう。

思えば、今回が皇帝としての初陣である。仮にも大帝国の皇帝が、側に軍師を置くこともできず、こんな不利な状況にいるなんて滅多にないのではないだろうか。

――アスィールが諦めてしまったらどうしよう。

勝てるはずがない、無理だと投げ出されたら、失望してしまうかもしれない。

けれど、そんな考えは杞憂だった。

「なあ、ライラー。追い詰められた方が燃えるのはなんでだろうな?」

彼の翡翠色の瞳は、なぜだかキラキラと輝きを増している。

笑ってしまった。私も同じだからだ。

「同感です。苦境を乗り越えた先の成功を想像すると、楽しくなっちゃいますよね」

「だよなあ」

目を合わせて破顔した。前々から思っていたが、やはりアスィールとは根底にある価値観が似ていると感じる。嬉しかった。これほど頼もしい味方はいない。

「とにかく方法を探るぞ。議論を重ねる前から絶望するなんて馬鹿のすることだ」

「賛成です!」

私たちは地図をのぞき込むと、アレコレと意見を出し合った。幸いなことに知識はある。故郷の父に感謝しつつ、ありとあらゆる方法を提示し合って、可能かどうか検討した。

気がつけば、外はとっぷりと日が暮れて夜の帳で覆われている。

「お食事は……」

「いまは結構！」

宵闇宦官(ゲジェ・ハディム)のワリードや、小姓(イチ・オラーヌ)の青年ヌールの声かけも無視した。

食事の時間も惜しんで、とことん意見を突き合わせていく。

やがて、空が白々と明け始めた頃。私たちはひとつの結論に辿(たど)り着(つ)いた。

「……これしかないな」

「おそらく、そうだと思います」

それは、和の国で名将と謳(うた)われている人物が過去に行った作戦だった。

間違いないとは思いつつも、実戦経験豊富な人間にも確認することにした。うってつけの味方がいたからだ。

「へえ。よく考えたじゃないですか」

ハーリスが不敵に笑う。

「実現できるか現地で確認してからなら、大丈夫だと思いますよ」

太鼓判をもらった私たちは、思わず笑みを交わした。

「だが、ひとつ問題がある」

ハーリスの言葉にドキリとする。

「わかってますよね？」鋭い視線を向けられて、私はこくりとうなずきを返した。

「この作戦、上手く立ち回らないと、逆にアスィール様の立場が危うくなる」

不確定要素が多い。万全とは言えなかった。

すべてはアスィールに懸かっている。場合によっては命取りにさえなりかねない。

「それでも、俺はやらなければならない」

アスィールは言った。

「皇帝として認められるため、立ち止まるわけにはいかないんだ」

そっと瞼を伏せる。なにかを思い出しているのか、彼はわずかに唇を震わせた。

「ライラーはどう考えている？　客観的に考えて、いまの俺にできると思うか？」

ドキンと心臓が跳ねた。

ここで背中を押してやれば、不確定要素が多かろうが計画は実行される。

あまりにも責任重大だ。一瞬、不安が脳裏を過るも――グッと耐えた。

――馬鹿ね。私が怖じ気づいてどうするの。

主君を誰よりも近い場所で支える。故郷の両親にそのためのイロハを叩き込まれた。

私は私を信じている。そして、両親の教えをも信じていた。

それに、私が信じているのはそれだけではない。

目の前の人もまた、心から信頼できる人間だ。

「できないことを他人に求めたりしません。大丈夫。やれます！」

はっきり宣言すると、アスィールはゆっくりと瞼を開いていった。

宝石を思わせる瞳がじょじょに姿を現す。

朝日が彼の瞳の中で乱反射して、眩(まぶ)しいほど光り輝いた。

「なら、お前が信じた俺を、俺自身も信じることにしよう」

アスィールは、一皮むけたみたいに清々(すがすが)しい表情をしていた。

*

それから数日後。

私たちは、反乱軍の本隊がいるという町の近くまでやってきていた。

すでに太陽は山際に顔を隠し、世界は夜に包まれている。

闇にまぎれ、馬で木々の間を縫うように進んだ。

先頭はハーリス。私とアスィールの後ろには、穏健派のイェニチェリたちが続いている。

揃(そろ)いの黒い外套(がいとう)を羽織った私たちは、外から見ればずいぶんと怪しいに違いない。月明かりを頼りに進んでいるせいか、野盗にでもなった気分だ。

そこに、宵闇宦官のワリードがやってきた。普段とは違い、商人のような恰好をしていた。

「状況は?」

彼には、今回の勝負に必要な〝仕込み〟をお願いしてあった。

期待のこもった眼差しを向けると、ワリードは無表情のまま目礼した。

「ご希望どおり、問題なく整いましてございます」

「……! 本当に? 本当なのね?」

重ねて確認をすると、凪いだ瞳を私に向けてうなずいた。

「はい。砦に侵入し、飲み水に──これを」

ワリードの手には素焼きの瓶が握られている。

「麻痺毒です。明日の開戦に向けて、景気づけに馳走が振る舞われておりましたから、そのうち毒が回るでしょう。騒ぎにならない程度の毒です。手足に違和感が出るくらいの」

「よくやったわ。宣戦布告も正しく伝わっているようでよかった」

「ええ。我々は明朝、朝日が昇るのと同時に攻撃を開始することになっています」

「例の場所は確認した?」

「事前にうかがっていた作戦に適していると判断します」

「……そう。ご苦労様。後は私たちに任せて下がりなさい」

「はい」

馬を下がらせようとするワリードを、「待って」と引き留める。

無表情のまま私を見つめてくる彼に、笑顔を向けた。

「ハレムに戻ったら褒美を取らせるわ。なにがほしいか考えておいて」

「………。かしこまりました」

珍しく驚いた表情を浮かべたワリードだったが、すぐに無表情に戻ると離れていった。

「ライラー。信用できるのか、アレは。宦官長（かんがんちょう）の子飼いだったと記憶しているが」

隣を走るアスィールが苦渋に満ちた表情をしている。

母后用人（ヴァリデ・ケトヒュダス）カマールと対立している宦官長に、彼は好印象を抱いていないらしい。

――まあ、私もワリードを完全に信用しているわけではないのだけれど。

「彼ってばすごく有能なんですよ。宦官長の差し金という事実を差し引いても、放置するにはもったいない人材なんですよね。ここは有効活用すべきと判断しました」

「裏切られたらどうする」

「裏切りの兆候を見極められなかった私が悪いと思います」

しれっと答えれば、アスィールは「お前って奴は」と呆(あき)れた様子だった。

「豪胆というか、物騒というか。使えるからと、よくわからない奴を平然と側に置くなんて。平穏という言葉を知っているか？」

「し、知ってますけど⁉ というか、アスィール様まで物騒って言わないでください！」

ムッとして頬を膨らませると、アスィールは愉快そうに肩を揺らした。

「そう言えば、少し前に巴御前(ともえごぜん)なる人物の名を口にしていただろう。どんな人間だ？」

「興味があるんですか？」

「お前の理想なんだろう？ 巴御前もお前くらい物騒なのか」

「さすがに失礼がすぎませんか？」

「アッハハハ！ 悪かった」

「反省の色が見えませんね……」

思わず脱力してしまった。笑って遠くを見る。頬を撫(な)でる夜風が心地よかった。ふと空を見上げれば、雲ひとつない夜空は星々に彩られている。星の美しさは故郷と変わらない。そう思うだけで、懐かしさで胸が締めつけられるようだ。

「巴御前は女武者です。女だてらに武器を取って戦い、〝一人当千の兵なり〟と謳われた人物です。彼女は、夫が敗走する直前まで付き従ったんだそうですよ。別れ際には最後の奉公だとして、敵将の首級（しるし）を得たという逸話を持っています」

「それはすごいな」

「でしょう。愛する人を家で待ち続けるのではなく、共に立とうという気概が素晴らしいんです。為政者の妻としてどう振る舞うか考えた時、私は彼女のように武器を取って戦える人間になりたかった。家を守るのが女の仕事とはいえど、敵に攻め込まれた時に、ただ震えて朝を待つだけの人間にはなりたくなかったんです」

そんな気持ちが私に武器を取らせた。武芸の訓練に情熱を向けさせたのだ。

「お前らしいな」

「ふふ。そうですか？　まあ、普通じゃない自覚はあります」

併走するアスィールを見やる。真剣に耳を傾けている彼に言葉を続けた。

「ただ、巴御前は夫の決死行に参加させてもらえなかったそうで……」

「女だからか？」

「それも一因でしょうが——彼女の夫は、愛する人を逃がしたかったんでしょう」

巴御前に別れを告げた時、夫の木曾義仲（きそよしなか）は追い詰められていた。五千騎もの敵兵のただ中で、三百騎いた味方はすでに五十騎にまで減っていたという。

「愛する人を無駄死にさせたくないという気持ちも、結局は申し出を受けた巴御前の気持ちも理解できます。だけど——なんだか寂しいなと思ってしまったんです。だって、逃げろと言われた時点で、対等な立場ではなくなってしまった気がして」

お前は責任を負わなくていいと、とつぜん突き放されたのと同じだと思うのだ。

私はそうはなりたくなかった。

「巴御前のように、支えるべき人の側で戦いたい。その上で、最期の瞬間まで為政者として共に選び取った結末を、夫となる人と責任を持って受け止めたいんです」

それが私の理想だ。そのために必死になって学んできた。

正しい道を選び続けられたのなら、人生の終わりにきっと最上の結末が待っているはずだ。逆に死を賜ったって仕方がない。それそのものが、自身が招いた結果だから。

「ライラー」

アスィールが翡翠(ひすい)の瞳でじいっと私を見つめていた。

そして、屈託のない笑みを浮かべる。

「話を聞かせてくれて助かった。ますますお前を俺に惚(ほ)れさせたくなったよ」

「……！」

とたん、急に頬や耳が熱を持った。

——荒唐無稽な話だって思ってたのに。こんなにもすんなり受け入れられるなんて。

アスィールの瞳はどこまでも甘かった。彼はいつもそうだ。私の考えや価値観、すべてを受け止めてくれる。それはまるで、自由にしていいと言ってくれているようで。

――お父上みたい。あの人も、私の気持ちを最大限汲んでくれた。

気がつけばドキドキと心臓が高鳴っていた。自分の反応がよくわからずに混乱する。

――馬鹿ね。私は故郷に帰るんだから。

そう自分に言い聞かせてみるも、耳たぶがじんじんと熱くてしょうがなかった。

すると、先導していたハーリスの馬の速度が落ちていくのがわかった。

気がつけば、切り立った崖の上に到着している。

「やっと着いた！　陛下、あれが反乱軍の本隊がいる町ですよ」

崖の真下に、それなりに大きな町並みが広がっていた。

地図にあったとおり、険しい山々に囲まれた場所だ。石造りの家々、山を背にぐるりと家々を取り囲む頑丈そうな石壁は、かつての王朝の隆盛を偲ばせる。

砦とはいえ、いまは軍事的な拠点として使われていない。エステリア半島がダリル帝国に平らげられたせいだ。人々は、兵が詰めていた建物を再利用して、ここで素朴な暮らしを営んでいるという。門の外には広大な麦畑が広がっているはずだ。

普通なら、とっくに明かりが落とされていてもおかしくない時間だった。だが、赤々と松明が掲げられていて、武装した男たちが其処此処に立っているのが見える。

「警戒していますね」

私の言葉に、アスィールが同意してくれた。

「明日はどんな戦いになるのかと、戦々恐々としているのだろうな」

「でしょうね。これだけおおっぴらに陣を敷かれたら、首もとに刃を突きつけられているようなものですから」

ふと、町の外に視線を向ければ、いくつもの明かりが灯っているのがわかる。

小さな山際の町は、ズィー・ヤザン率いる反皇帝派のイェニチェリに包囲されていた。

数え切れないほどの天幕。馬の嘶き。完全武装した兵士たち……。町へ続く一本道はすでに封鎖されていて、どう見ても逃げ場はない。絶望的な光景に、小さな町に隠れている反乱軍が憐れに思えるほどだった。

「ズィー・ヤザンめ。高みの見物を決め込むつもりか」

アスィールの表情が険しい。

彼の視線を追うと、やたら豪華な天幕が、かがり火の明かりに浮きあがって見えた。

ちょうど町が一望できる位置だ。あそこから戦いを見学するつもりらしい。

私たちが苦戦している姿を遠目から楽しみ、こちらが決定的に不利になった時点で意気揚々と出しゃばってくるつもりに違いない。

——町を包囲したのだって、私たちが逃げないように監視するためでしょうし。

獲物は用意した。さあ、できるものなら狩ってみせろと煽られているようだ。

「いつまでも侮っていられると思うなよ。目に物見せてやる」

アスィールの眼光が鋭くなっていく。

「勝利の条件は、死亡者を出さずに最低限の損害で反乱軍を制圧すること」

ぽつりとつぶやいたアスィールは、片手を挙げて付き従う男たちへ号令をかけた。

「俺は誰も死なせない！　ズィー・ヤザンの鼻を明かすぞ。ついてこい!!」

「「応!!」」

手綱を引いて馬を方向転換した。

いまだ夜明けは遠く、空には星々が煌々と輝いている。

確実な勝利を手にするため、私たち百五十騎は、素早く闇夜の中に馬を走らせた。

＊

――翌朝。

ズィー・ヤザンは、豪奢（ごうしゃ）な天幕の前でひとり立ち尽くしていた。

彼の周りには、おおぜいのイェニチェリたちが集まっている。

誰もが青白い顔をしていた。信じられないという様子で眼下の光景を凝視している。

彼らの反応は当然だった。町を取り囲む石壁はどこも破壊されておらず、町中からは煙一筋すら上がっていない。辺りには鳥の声。小麦畑は、風に黄金色の穂をなびかせていて、踏み荒らされた形跡もなかった。長閑（のどか）な雰囲気はまるで平時のようである。

だのに――

昨日まで堅く閉ざされていた町の門は大きく開かれ、そこからアスィール率いる穏健派の兵たちが悠々と行進してくるのだ。

あり得ない光景だった。町中は反乱軍であふれているはずだ。

「ご報告いたしますッ！」

町中を探らせていた兵士が、慌てた様子で駆けてくる。

息を切らして到着した兵士は、ズィー・ヤザンに驚くべき事実を告げた。

「反乱軍の本陣はすでに制圧されている模様！」

空は白々としていて、ようやく陽（ひ）が昇り始めた頃合いである。

――開戦は夜明けと同時の予定のはずなのに。

「いったいなにをしやがった!!」

ズィー・ヤザンの声が谷底に響いていく。

ゆっくりと歩みを進めていたアスィールは、彼を嘲笑うかのように不敵に笑んだ。

＊

昨夜、私たちが決行した作戦とは、いわゆる〝奇襲〟だった。

私が目をつけたのは、反乱軍の本隊が本拠地とした砦の立地だ。山々に囲まれ、町へ通じるのは深い谷底に敷かれた一本の道のみ。難攻不落の砦。だが、付け入るべき隙はある。

参考にしたのは、源義経が参加した一ノ谷の戦いだ。

名将、源義経は泥沼化した戦況を覆すべく、決定的な一手を打った。

〝坂落とし〟。

義経隊三千騎は、敵陣後方にある鵯越を馬で駆け下り、劇的な勝利を手にした。鵯越は、とうてい馬では下りられそうにない斜面だ。似たような場所が件の砦の背後に存在していることは、地図上の情報やワリードに命じて行わせた調査から明らかになっていた。

とはいえ、義経に倣えるかは別問題だ。

結果的に、私たちは一騎も欠けることなく、人馬もろとも坂を下ることができた。

ダリル帝国の祖は遊牧民族だ。ほんの少し前まで、帝国の騎馬兵は他に類を見ない強さを誇っていた。火器が主力になったとはいえ、彼らの心はいまだ馬と共にある。

翌日に控えた戦に眠れぬ夜を過ごしていた反乱軍は、突如現れた騎馬に翻弄され尽くした。ワリードが仕込んだ毒も効果的に働いた。体の動きをわずかに阻害するだけの微々たる効果ではあったが、生死を懸けた戦闘では命取りになる。彼らは、死の直前まで毒を盛られた事実にすら気付いていなかったに違いない。

反乱軍は為す術がなかった。あっという間に制圧され――

数刻経った後、砦の中で自由に動ける反乱軍の人間はいなくなっていた。私たちは、たった百五十騎で三倍以上もの人数を相手にし、反乱軍の本部を完全に制圧したのだ。

「ズィー・ヤザン。我らも死人を出さずに終えたぞ」

アスィールの堂々とした物言いに、ズィー・ヤザンは不愉快そうに顔を歪めた。

青白い顔をして、視線を宙にさまよわせている。誰が見ても、状況はアスィールに不利だった。勝利を確信していたのだろうに、想定外の結果に焦りを隠せない様子だ。

「勝負は引き分けになるのだろうか……？」

誰かがつぶやいた言葉に、ズィー・ヤザンはますます険しい顔になった。

損害が少ない方が勝ちという取り決めからすれば、当然の帰結だと思う。

――でも、そうは問屋が卸さない。

私はアスィールの前に進み出ると、ズィー・ヤザンたちへ向かってはっきりと告げた。

「いいえ。アスィール様の勝利です」

ざわざわと場が騒がしくなる。

「どういうことだ！」

声を荒らげたズィー・ヤザンに、私は淡々と告げた。

「当然でしょう。明らかに我々が出した損害の方が少ないのですから」

「馬鹿を言うな。貴様も見ただろう。我々が圧勝したところを!!」

「確かに圧倒的な勝利を収めていましたね。――反乱軍に対しては」

ジロリとズィー・ヤザンらを睨みつける。

なにもわかっていない男たちに、私は叩き付けるように言った。

「今回の件で、あなたたちはどれだけの損失を出したと思っているのですか！」

「……損失？」

「あなた方は反乱軍を制圧するという名目で、容赦なく民の生活をかき乱しましたね。家を破壊され、町を守る石壁は瓦礫と成り果てた。踏み荒らされた小麦は収穫できないでしょう。炎を放たれた畑は、次の収穫が得られるまでどれだけの時間を要すると思いますか⁉ その間、民はなにを糧に生活すればいいのです」

「民は国の宝です。彼らが困窮する。それすなわち国家の損害なのですよ！」

居並ぶイェニチェリに訴えかける。

反乱の制圧は必要な行為だ。それ自体を咎めるつもりはない。しかし、ズィー・ヤザンは配慮がなさすぎた。反乱軍の鎮圧に気を取られていて、そこに生きる者を軽視した。

被害を出すなとは言わない。多少の犠牲はやむを得ない。だが、まるで考慮しないのは問題外である。許されざる行為だった。皇帝の資質を語るならばなおさらだ。

「あなたは誰のために反乱を収めたのですか」

「……ッ！　わ、私は不届き者を鎮圧せよと命じられたから」

「命令に従っただけだと？　一軍団長ならばそれでじゅうぶんでしょうね。ですが、あなたは皇帝の資質について語っていたはずです。帝国の頂点に立つ者がそれでは困ります」

ズィー・ヤザンの瞳が揺れている。

「そちらは、民の生活まで考えた上で行動を起こした、と？」

「もちろんです。証拠はここにあります！」

勢いよく町の方を指差すと、そこにいた誰もが視線を移した。

砦を再利用した町は以前と同じ姿を保ち、小麦畑は収穫をいまかいまかと待っている。長閑な光景だった。昨晩、激しい戦闘があったとは思えないほどだ。味方の犠牲も出していない。民の財産を大きく損なったズィー・ヤザンと比べて、どちらが優勢かは明白だ。

「俺の勝利ということでいいか？」

アスィールがズィー・ヤザンへ問いかける。

「……ッ！」

彼は一瞬だけ不快感を露わにした後、怒りの表情を浮かべて前へ進み出た。

「ふざけないでいただきたい!! 先ほどから聞いていれば、勝手なことばかり。ずいぶん弁が立つ小姓をお持ちのようだが、調子に乗るのはここまでですよ」

血走った目でアスィールを睨みつけると、彼は不敵に笑んだ。

「墓穴を掘りましたね。〝狩人〟アスィール!! アンタは皇帝にふさわしくない！」

＊

じょじょに空に分厚い雲が垂れ込め始めている。

体を芯から冷やすような風が吹き抜けていく中、アスィールはズィー・ヤザンに訊ねた。

「どういう意味だ」

「そのままの意味ですよ。そっちは上手くやったとお思いでしょうがね。アンタが自分から皇帝にふさわしくない行いをしてくださって、感謝してるくらいなんですから」

クックッと喉の奥で笑ったズィー・ヤザンは、反撃開始と言わんばかりに口を開いた。

「アンタは昨日の晩、夜が明ける前に反乱軍の本隊へ攻撃を仕掛けた。そうですね？」

「ああ」

「夜明けと共に開戦だと事前に通告してあったにも拘わらず、だ。そして卑怯にも、敵の背後を突いた!!」

ズィー・ヤザンはゆったりと両手を開くと、どこか得意げに続けた。

「そんなもの、皇帝のする戦ではないでしょう」

「なあ、お前たち！」と、集まったイェニチェリたちの顔を見回す。

「我々はいつ小国の兵になったのでしょうね！　隣国の侵略に怯え、どんな手を使ってでも勝利を摑み取らねばならない状況であれば、アンタの行いは賞賛されて然るべきだ。しかし、この国はそうじゃない。覇者である帝国の皇帝は常に王道を踏む必要がある!!」

興奮で頬を紅く染めた男は、蔑んだような眼差しをアスィールへ向けた。

「たかだか農民の反乱にすら、正攻法で挑まないなんて。私はアンタを認めない。なにが勝負だ。なにが資質だ。それ以前の問題でしょう‼」

――やっぱりそこを突いてきたか。

ズィー・ヤザンの抜け目なさに、心の中で舌打ちをする。

事実、アスィールと共に行った作戦は、不意打ちであり奇襲だった。万が一の可能性を排除するために、毒さえ盛ったのだ。王道とはほど遠い。皇帝が自ら行う作戦としては、邪道と言ってもいいかもしれない。

今回の勝負の勝敗に〝皇帝の資質〟を持ち出したのはこちらである。

そこを突かれれば、不利になるのは目に見えていた。

「確かにそうだな。皇帝の癖に卑怯な奴だ」

「ズィー・ヤザンの言うとおりだ！　〝狩人〟に皇帝の座はふさわしくない！」

反皇帝派の兵士たちが息を吹き返してきている。ズィー・ヤザンが持ち出したもっともらしい理屈にすっかり酔いしれ、「〝狩人〟は帰れ！」などと罵倒する者までいた。穏健派の兵士たちの中にも不安げな表情を浮かべている者さえいる。

――相変わらず、流されやすいわね。まあ、仕方がないけど。

目の前で繰り広げられる〝わかりやすい〟理屈に飛びつく。それが民だ。

ズィー・ヤザンが語る理屈は実によくできていた。

誰でも理解しやすく、抽象的ではあるが、いかにも〝それらしい〟。

王道を踏む必要などないのに、皇帝なのだからそうすべきだと思わせてくる。

――このまま押し切られたら、二度とイェニチェリの掌握が叶わなくなるかもしれない。

皇帝として不適格の烙印を押されたら、もう取り返しがつかないのだ。危機的状況であるのは確かだった。だから、以前こう言ったのだ。

『上手く立ち回らないと、逆にアスィール様の立場が危うくなる』と。

――とはいえ、打開策はある。方法はアスィール様も理解しているはず……。

問題はそれをどうなし得るかだ。失敗は許されない。すべてはアスィール次第……。

出しゃばるべき場面ではなかった。自分でやり遂げなければ意味がない。

――でも、大丈夫。

彼ならきっと――

ざあああ、と冷たい風が麦畑を吹き抜けていく。

容赦のない風に全身を翻弄されながらも、アスィールは凜とした様子で佇んでいた。

まっすぐにズィー・ヤザンを見据え、背筋を伸ばし、顔を上げて、前を向いている。危機的状況に陥っているというのに、瞳の輝きは欠片も失われていない。

憤慨する様子も、打ちひしがれた様子もなかった。誰よりも堂々としている。

為政者らしい、尊重されるべき人間の佇まいだ。余裕すら感じられる表情だった。

――もしかしたら、彼はこの状況を楽しんでいるのかもしれない。

追い詰められるほど心が沸き立ち、頭が冴える。彼も私もそういう人間だ。

「なぜ怒らないのですか？　アンタは言われっぱなしで悔しくはないのか!!」

罵声にまるで動じないアスィールに、ズィー・ヤザンは焦りをにじませた。

「口を閉じよ。ズィー・ヤザン」

瞬間、アスィールの声が辺りに響き渡る。

強風がひゅうひゅうと吹き荒れているのに、不思議と声がとおった。

いっせいに注目を浴びたアスィールは、親しげな笑みをズィー・ヤザンへ向ける。

「いつもすまないな。俺が未熟なばかりに、お前に言いづらいことを言わせてしまう」

「……ッ!?」

ズィー・ヤザンが驚愕に目を見開く。

――いよいよ反撃が始まった！

興奮がこみ上げてきて、ぶるりと私の体が震えた。

「確かに、皇帝としてふさわしくない行いだったと思う」

ぐるりと集まった者たちを見回したアスィールは、素直に間違いを認めた。

ここで自分が正しいと主張を固持するのは悪手だ。

〝過ちては則ち改むるに憚ること勿れ〟。間違いを素直に認めて改めることを躊躇してはならない。為政者としての最低限の心得だ。正々堂々と認めれば、その姿は人々に好感を与える。間違いを恐れる必要はない。それすらも利用してやればいい。過去に仕出かした過ちさえも武器にしてしまえ。

「皇帝として不慣れな俺を許してほしい。まだまだ学びの途中なのだ。ズィー・ヤザン、お前の諫言には、いつも勉強させてもらっているな。感謝しているぞ」

気弱に聞こえる発言も問題にならない。

彼が表舞台に立つようになって幾ばくも経たないことは、周知の事実だ。

アスィールは柔らかな笑みを浮かべた。ズィー・ヤザンに優しげな視線を向ける。

「さすがは名家の血筋だ。永きに亘って帝国に仕えてきただけのことはあるな」

「……ッ！」

ズィー・ヤザンが悔しげに顔を歪ませた。

「どういうことだ……？」

兵士たちが軒並み困惑の色を浮かべている。思わずほくそ笑んだ。

――さすがね！　アイツが過去にアスィール様に投げつけた罵詈雑言（ばりぞうごん）が、主君を思うがための言葉にすり替わった!!

彼が名家出身というのが効いていた。皮肉なことに忠臣っぽさが引き立てられている。

――言葉巧みに人心を操る。これも為政者としては必要な素養だ。

ズィー・ヤザンは、アスィールを言葉で貶（おとし）めようとしてきた。彼の言葉で兵たちは簡単に丸め込まれてしまった。その点においても、ズィー・ヤザンは優秀な男だ。人の上に立つべき素養はしっかり持っていると言える。

ならば、同じことをやり返せばいい。

権力でも武力でもなく、言葉でイェニチェリたちの心を掴む。

それがこの状況を打破する唯一の策。そして――最善の方法だった。

「本当は皇帝らしく振る舞いたいのだがな。現状がそうはさせてくれず、卑怯な手に頼らざるを得なかった。なにせ、俺はなにも持っていない」

ちらりと私を見やる。アスィールは淡々とした口調で問いかけてきた。

「ライ。王を王たらしめるものはなんだ」

「民でございます」

「民がいなければどうなる」

「裸の王か。まさに俺がそうだな。兄を失い、とつぜん皇帝に担ぎ上げられ、母の後ろに隠れていた俺は、イェニチェリから疎まれ、自分を守る剣すら自由にできない」

明け透けに自分を語るアスィールに、誰もが呆然として耳を傾けていた。

為政者としては愚直すぎる発言だ。しかし、彼らには好意的に映るだろう。心を許してくれているようにも感じるに違いない。本来なら手の届かない場所にいるはずの人物が、自分に直接語りかけている——民にすら心情を明かしてくれる皇帝。心を砕いている様子が非常に〝わかりやすい〟。好感を抱かずにいられようか。

「お前は俺を〝狩人〟と呼んだな?」

ふいにひとりのイェニチェリに声をかけた。ズィー・ヤザンの取り巻きのひとりだ。アスィールへ声高に非難の声をぶつけていた彼は、怯えの色をにじませた。

「ああ、すまなかった」

ほろりとアスィールの表情が緩む。

「責めるつもりはない」

親しげに肩を叩く。かあっと頬を染めた男に、アスィールは優しく語りかけた。

「〝狩人〟というあだ名だがな、実はそんなに嫌いではないんだ」

「え……！」

動揺する男に、アスィールは穏やかな表情で続けた。

「皇帝の座を兄から譲り受けた俺は、しばらく母に政を任せ、頻繁に市井へ通った。皇帝の座に就くには、なにもかもが足りないと思ったからだ。なぜかわかるか？」

「な、なんのためにですか……？」

「民の生活を知るためだ。不満を最も近い場所で聞くためだ。宮殿にいてはわからないことを知るためだ。皇帝として立つために必要な準備だった」

ニヤリと悪戯っぽく笑う。

「側近たちには〝狩りに行く〟と適当に理由を告げていた。それがどこからか漏れたらしいな。いつしか俺は〝狩人〟と呼ばれるようになった」

「……！」

「むしろ誇らしいよ。頻繁に市井に足を運んだという証拠だからな」

民――ひいては自分たちのためだったと知って、男の顔色が褪せていく。

明かされた事実に、ズィー・ヤザン以外の誰もが驚愕の色を隠せない様子だった。

——すごい。

アスィールの話運びに、私は感心せざるを得なかった。

〝狩人〟という呼び名の価値が変わっていく。あだ名がついた経緯も、はったりではない。真実だ。嘘偽（うそいつわ）りない語りは彼らの中にすんなりと浸透していく。

——なんてこと。悪評が名声に変わっていく！

失敗を成功の糧に変える。私がかけた言葉を、アスィールは見事に実行してのけたのだ。

「皇帝陛下……」

怠惰なんてとんでもない。自分たちの皇帝は、献身的な人物なのだという認識が広がっていった。とても〝わかりやすい〟民にとっての味方。なのに、自分たちは——

じわり。人々の顔に罪悪感がにじんだ瞬間、アスィールは追撃を見舞った。

「お前たち。次の機会があるならば、その時は俺に王道を踏ませてくれないか」

兵たちがハッとして顔を上げる。

彼らに向けてアスィールは更に畳みかけた。

「俺は民の生活を知っている。なにに苦しみ、なにを求めているか理解しているつもりだ。民に寄り添う皇帝になると誓おう。兄の過ちを省みて、正しくお前たちのために力を尽くす。だから、帝国の剣よ！　至高の国の戦士たちよ！　俺の矛となれ。盾となれ。鎧（よろい）となれ。お前たちが俺を皇帝にさせてくれ！」

自分の力ではどうにもならない。お前たちだけが頼りなのだと言葉に感情を乗せる。

麦畑に視線を遣ると、おもむろに指を差した。

「美しいな。俺が護るべき風景がここにある」

ざあっと小麦畑を風が吹き抜けていく。

「いまだ俺は裸の王様だ。力を貸してくれ」

波打つ黄金色の海に誰もが見とれた。反乱軍に占領されていたはずなのに、傷ひとつない町並み。戦の気配すら感じられない風景。誰もが愛してやまない日常がそこにある。

「も、申し訳ございませんでしたッ……」

アスィールを〝狩人〟と呼んでいたズィー・ヤザンの取り巻きが、地面に膝をつく。

ゆるゆるとかぶりを振って、アスィールは彼の肩をポン、ポンと叩いた。

「……ッ！」

自分を貶めた人間すら赦す。懐の深い君主——

誰もがその光景から目が離せなかった。あちこちで洟をすする音がする。

いつの間にか、兵士たちの表情が変わっていた。

反皇帝派も、穏健派も、いまやアスィールに熱い眼差しを注いでいる。

一部を除いて、もう声高にアスィールを非難したいと思う人間はいないだろう。

――やった！

全身に歓喜が満ちていく。皇帝として不適格の烙印(らくいん)を突きつけられかけていたアスィールが、見事に逆転したのだと理解した瞬間だった。

*

アスィールが認められた。

その事実に胸を熱くしていたものの、慌てて気合いを入れ直す。

――ズィー・ヤザンがこのまま終わらせるはずがない！

あれほど自信満々だった男が、素直に負けを認めるとは思えなかった。

――ぜったいに、なにかしら仕掛けてくるはずよね。

実際、ズィー・ヤザンは鋭い目つきでアスィールを睨(にら)み続(つづ)けている。立場上、おおっぴらに動くわけにもいかないから、おそらく他人を使うはずだ。

瞬間、アスィールの背後に忍び寄っていた兵が、腰の銃に手を伸ばしたのが見えた。

このままでは敗北すると踏んだズィー・ヤザンが、伏兵を動かしたのだ。

「ああもう。わかりやすい男……！」

勢いよく腰の短剣を投擲する。

「ぎゃあっ！」

腕に短剣が刺さった男は、大きく悲鳴を上げた。

「……!? 何事だ!?」

「刺客だ！　警戒しろ！」

混乱した兵たちが入り乱れる。状況を見守っていたズィー・ヤザンは、伏兵が無効化されたのを知ると、小さく舌打ちしてから自身の銃を引き抜いたのが見えた。

──不利を悟って自暴自棄になった？　いや……。

ふいに、先日のアスィールの姿を思い出す。銃の暴発に巻き込まれた彼は、あちこちに傷を負っていた。その事件には、ズィー・ヤザンの関与が疑われていたはずだ。

──まさか、護ると見せかけて、また銃を暴発させるつもり!?

最悪の予想を肯定するように、ズィー・ヤザンがアスィールを護るように位置どった。

「皇帝陛下、御身はこの私が──」

意気揚々と声をかける姿は、いかにも忠誠心にあふれている。

だが、瞳の奥には剣呑な色がちらちらと燻っているのがわかった。

「させない！」

私は近くにいた兵の腰帯から短剣を引き抜くと、再び投擲した。

勢いよく飛んだ短剣は、ズィー・ヤザンの右手に刺さる。

「ぐうっ!?」ズィー・ヤザンが痛みに呻いた瞬間、銃が地面にこぼれ落ちると――

轟音と共に銃が暴発した。

「ぐあああああああああっ!!」

ズィー・ヤザンが痛みに顔を歪めた。

――落ちただけで爆発するなんて……！

暴発を誘発するための細工をしてあったのかもしれない。

アスィールは無傷だ。しかし、近くにいたズィー・ヤザンはただではすまなかった。鮮血が散っている。指が何本か欠けているのが見えた。銃の破片が刺さったのか、顔から大量の血が流れている。男がたまらず地面に膝をついた瞬間、私は勢いよく叫んだ。

「ズィー・ヤザンを捕らえよ!!」

「「応！」」

ハーリスを始めとした穏健派の兵たちがズィー・ヤザンに殺到する。

すると、反皇帝派の兵が非難の声を上げた。

「なぜ総軍団長を⁉　銃が暴発しただけではありませんか！」

「冗談じゃない。ズィー・ヤザンは二度も暴発事件を起こしています！」

兵たちの顔を見回す。そこにいるすべての人間に聞こえるように叫んだ。

「一ヶ月前にも、アスィール様の近くで暴発事件がありました。その場に居合わせていたのも、ズィー・ヤザンの一派です。事故か故意かは調査中ですが、銃は花火じゃない。そう頻繁に暴発してもらっては困ります！　こんな馬鹿なことを仕出かす奴は、ろくに銃の手入れもできない愚か者か――」

ジロリと冷え切った眼差しをズィー・ヤザンに注ぐ。

「皇帝陛下の暗殺を目論む不届き者くらいでしょう」

「……ッ‼」

顔を青ざめさせたズィー・ヤザンに、私は淡々と告げた。

「こんな状況です。大人しくするんですね。あなたを皇帝陛下暗殺の容疑で連行します」

「わた、私はッ‼　別になにも――」

「話は後でじっくり聞きますよ。故意じゃなかったとしても、携帯武器の管理責任は問われる覚悟でいてください。無事ですむと思わないことです。さあ、連れていって！」

血まみれのズィー・ヤザンが連行されていく。

彼の背中が見えなくなると、私はアスィールの前に進み出て、地面に膝をついた。

「陛下。ご無事でなによりでした」

「ああ」

「ズィー・ヤザンの側近からも事情を聞きましょう。捜査の主導は……そうですね」

その時、ふいにとある考えが閃いた。

――これは、イェニチェリ内の勢力図を塗り替える好機なのでは？

これぞ怪我の功名という奴ではないだろうか。

まあ、血を流したのはズィー・ヤザンだけなのだけれど。

「……どうした？　ライ」

アスィールも、なんだかニヤニヤしている。

おそらく、私と同じ考えに至ったのだろう。翡翠の瞳が実に楽しそうだ。

――これはやるしかない。

盛大に。ドカンと！　それこそ銃の暴発なんて目じゃないくらいに！

――さあ。反皇帝派に染まりきっていない奴らを、こちらに引き込んでしまおう。

「アスィール様、事件の捜査はハーリス様にお任せしてはどうでしょう」

「ほう？　ハーリスか。第二師団長だからな。適任だろう」

「しばらく、ズィー・ヤザンの席が空きます。いい機会ですから、一時的にハーリス様にイェニチェリ総軍団長を任せてみては」

「おっ！　おい……!!」

ハーリスが焦った声を上げている。顔が真っ青だ。それはそうだろう。彼は出世したくないと言っていた。でも、私に関わったのが運の尽きだと、諦めてもらうしかない。

——だって、有用な人材を放っておくなんてこと、できないもの！

「それはいいな。ハーリスほど優秀な男なら、やり遂げてくれるだろう」

「へ、陛下ッ……!?」

ハーリスが目を白黒させている。顔が面白い。笑いを噛み殺しながら次の手を打った。

「アスィール様。ズィー・ヤザンに与していた兵はいかがいたしましょうか」

「処遇か」

「ええ。あの男と一緒になって、さんざんアスィール様を罵ってくださいましたから」

すると、兵たちの間に緊張が走ったのがわかった。

ズィー・ヤザンに付き従い、反皇帝派を掲げていた連中の顔色が悪い。自分たちが属していた派閥の主が捕まり、後ろ盾がなくなった。侮っていた皇帝は己の価値を示し、穏健派の長がイェニチェリ総軍団長の座を射止めかけているのだ。

控えめに言って崖っぷちである。彼らの精神は過去最高に追い詰められているだろう。

——だからこそ、優しい言葉は甘露のように感じるはずだ。

「ライ、お前はどうすればいいと思う？」

「アスィール様の御心のままに」

「そうか。そうだな——」

アスィールは一度、言葉を句切った。反皇帝派たちの顔をひとりひとり眺めて——ふっと口の端を緩める。驚きの感情を隠せない男たちへ、さらりと言った。

「誰しも間違いはあるだろう」

「……!!」

反皇帝派の兵たちが、目をまん丸に見開いている。

涙を浮かべている者すらいるではないか。

——アスィール様ってば、本当にお上手ね！

笑みがこぼれそうになるのを必死にこらえて、好機を逃すまいと彼らに問いかけた。

後は畳みかけるだけだ！　最後の正念場だった。

「あなたたちに問います。仕えるべき主君は誰ですか。忠誠を示しなさい！」

反皇帝派の兵たちの視線が揺れる。だが、どうにも踏み切れないようだ。

すると、見かねて行動を起こした男がいた。ハーリスだ。

「ちくしょう。後で借りは返してもらうからな……」

なにやらブツブツとつぶやいた彼は、穏健派の兵を引きつれてアスィールの前に立つと、くるりと振り返って兵たちに向かい合う。そして雷鳴のような怒号を浴びせた。

「なにを迷う必要がある!! 戦士なら強い奴に従え！」

ジロリと兵たちを睥睨する。その迫力たるや、一軍の長たる威厳があった。

「皇帝陛下は、そのお心だけでなく、実力に関しても文句のつけようがない。それは先だっての勝負で証明されている。反乱軍へ奇襲を仕掛けた際、陛下の手勢は百五十騎しかいなかった。対する反乱軍は五百だ!! この御方は、三倍以上の敵に挑みながら、ただひとりの犠牲者も出さずに勝利を勝ち取った!!」

再びアスィールに向かい合う。

地面に膝をついたハーリスは、真摯に見つめて言った。

「以前、あなたに〝命を預けるに足る男か〟と問うた。不躾な発言でした。砦の中で、俺たちを自由自在に操ってくれましたね。素晴らしい用兵術でした。ライの言葉は本当だったんだ。あなたは──強い」

師団長用に宝石で彩られた剣を置く。頭を深く垂れ、最大限の敬意を示して続けた。

「俺の命を預けます。陛下、あなたが主だ」

穏健派の兵たちがハーリスに続く。

「アスィール皇帝陛下に忠誠を！」

「我らが主に栄光を！」

声が連鎖していくと、忠誠をためらっていた兵たちも続いた。

ひとり、またひとりとその場に膝をつく。腰帯から剣を抜き、地面に置いた。頭を低く垂れ、忠誠の意を示す。気がつけば、そこにいたすべての兵たちが頭を垂れている。

――やった……！

歓喜で心が震える。思わず叫び出したくなるのを必死にこらえた。

イェニチェリの勢力図が変わった瞬間である。

「あ……」

ふいに空が明るくなった気がした。

そっと視線を上げれば、垂れ込めていた雲の合間から光が差している。

透き通った陽光が黄金色に染まった小麦畑を照らしていた。吹き荒れていた風は穏やかさを取り戻し、さわさわと心地よさげに穂を撫でている。晴れ間を言祝いだ小鳥が歌った。

雲間から下りた光が、ひとり佇むアスィールを優しく照らしている。

アスィールは己に忠誠を誓う人々を眺め、わずかに瞳を潤ませていた。
凜として堂々たる佇まいだ。大国の皇帝にふさわしい威厳すら感じられる。
――叙事詩の一場面みたいだわ。
ここから彼の栄光が始まったと言われても納得できる。
それだけ美しく、神々しい光景だった。
――これから、アスィール様は自身の伝説を創り上げていくんだ。
大国の王である彼の軌跡は、歴史に確実に刻まれる。
彼の名は後世に語り継がれていくのだろう。その瞬間に立ち会えたことが誇らしい。
――あれ？　なんで視界がにじむんだろう。
慌てて目をこする。
胸がじんじんと熱かった。アスィールの姿から目が離せない。
どうしてこんな反応をしてしまうのか、自分でもよくわからなかった。
なんで私は――
彼の隣に立つ自分を想像して、こんなにも胸を高鳴らせているのだろう。
――いまは深く考えるのはよそう。
かぶりを振って、冷静さを取り戻す。それよりも目の前の光景に浸るべきだ。

「アスィール皇帝陛下の御代（みよ）が永く続きますように」

小さくつぶやいて、イェニチェリたちの仕草に倣った。

風が小麦畑を吹き抜けていく。

新しい一歩を踏み出すにふさわしい、なんとも心地いい秋風だった。

# 終章

反乱軍の制圧を終えてから数日経った。

捕らえられたズィー・ヤザンの取り調べは難航しているらしい。

『私はなにも知らないよ。すべて誤解だ』

本人は暴発事件への関与を否定。銃を改造した証拠も出てこず、アスィールを襲おうとした伏兵との関係性も明らかにはなっていない。本当に抜かりのない男だ。

とはいえ、二度もアスィールの近くで暴発事件を起こした罪を問われ、イェニチェリ総軍団長の地位からは追われた。代わりに総軍団長の椅子を獲得したのはハーリスだ。

『なんで……なんでこんなことに……』

可哀想なハーリス。軍人として優秀で、扱いやすいばっかりに！　不憫である。

反乱が起きたイグニス地方には新しい徴税請負人が派遣された。アスィールが睨んだとおり、各地で反乱を起こすように促している気配があるそうだが……目下調査中である。

不明な点が多いとはいえ、とりあえず目的は達成できた。いまのところ、イェニチェリとの関係性は良好だ。アスィールが手勢を獲得できたことは、実に喜ばしいと思う。

だけど——

実は、それだけじゃすまなかった。

私はとんでもない〝過ち〟を犯していたのだ。

そのせいで、とんでもなく後悔する羽目に陥ったのである。

問題が明らかになったのは、ある日の夜のことだ。

諸々(もろもろ)の処理も終わり、ようやく自分の時間を確保できたらしいアスィールは、私を寝室に呼びつけるなり、やたら神妙な面持ちで問いかけてきた。

「それで、どうだった」

「どう、とは?」

「俺はちゃんと皇帝(スルタン)らしく振る舞えていただろうか」

質問の意図を汲(く)めなくてポカンとしていると、焦(じ)れた様子のアスィールが質問を重ねた。

「今回は間違わないですんだか?」

——ああ、そうか。

忘れがちだが、彼は皇帝として表舞台に立ったばかりだ。

まだまだ経験は浅く、自分の行いに自信がない。

「大丈夫でしたよ。とてもご立派でした」

笑顔で答えると「本当に？」と眉をひそめた。

「本当ですよ」

「おべっかはいらないぞ」

「おだててどうするんですか。そんなに私が信じられませんか？」

「お前のことは信用している。本心かどうか知りたいだけだ」

「しつこいですよ！」

頬を膨らませると「そうか」と、アスィールは気の抜けた声を出した。

「……よかった」

安堵に充ち満ちた表情を目の前にして、なんだか胸の奥が温かくなった。

「お疲れ様でした。素晴らしい立ち居振る舞いでしたよ」

「そうか！」

私の言葉に、アスィールの表情がパッと明るくなる。やけに嬉しそうだ。

これまでファジュルに政を任せていた彼からすれば、自分の成果をまっとうに褒められた経験が少ないのだろう。とっくに成人している男性なのに、無邪気な笑顔が可愛らしい。

なんだかもっと褒めてやりたくなって、ワシャワシャと頭を撫でてやった。

「これからも頑張ってくださいね」

「子ども扱いするな」

「あら。撫でられるのは嫌ですか？」

「い、嫌ではないが……」

頬を染めてむくれる様子がおかしかった。クスクス笑っていると、ふいに腕を摑まれる。

透き通るような翡翠色の瞳と視線が交わって、ドキリとした。動揺が伝わったのか、アスィールは楽しげに口の端を緩めている。熱のこもった眼差しを私に向けた。

「あまり甘やかすな。ますますお前を離したくなくなる」

「ひっ⁉　な、なんですかそれ……」

「別に変な話じゃない。有能な人材を側に置きたいと願うのは当然だろうに」

「そ、それはそうなんですけど！　なにも私じゃなくとも……」

私はいずれ故郷に戻る身なんだから。

そんな気持ちを込めて言えば、想像以上に熱っぽい言葉が返ってきた。

「お前じゃなきゃ駄目だ」

「えっ……」

「俺の治世には、お前の存在が欠かせなくなるかもしれない」

やけに確信めいた発言。なんだか嫌な予感がする。

「なんですかそれ」

恐る恐る訊(たず)ねた私に、アスィールはどこか楽しげに教えてくれた。

「先日の勝負を終えた後、市井でこういう噂(うわさ)が流れていてな」

――いわく、〝皇帝アスィールには黒髪の懐刀あり〟。

その人物は、非常に小柄でありながらも、屈指の実力を誇るイェニチェリ第二師団長ハーリスを打ち倒した。槍(やり)さばきは踊るようで、体格差をものともしない。

更には、皇帝に直接もの申せるほどの胆力があり、発言は実に的確。皇帝からは絶大なる信頼を寄せられていて、何度も意見を求められている姿が目撃されている。

一部の人間の話では、すでに大宰相の座を約束されているとか――

伝説の王が最も信頼を寄せた、小姓(イチ・オラーヌ)出身の大宰相の再来とも言われている。

かの〝狩人(かりゅうど)〟アスィールも、懐刀が健在のうちは道を誤らないだろう。

「……は？　は？　はああああああ？」

思わず顔が引きつった。

なんの話かさっぱり理解できない。さすがに冗談がすぎるだろう！

「将来の大宰相って誰のことですか⁉」

「お前らしいぞ」

「初耳なんですが⁉」

「俺も約束した記憶はないな」

「誇張がすぎるでしょう⁉　確かにアスィール様に意見はしましたけど！」

「そうか？」

アスィールは不思議そうに小首を傾げている。

「あながち嘘ではないだろう。大宰相候補だと勘違いされる程度のことはしている」

「……⁉」

瞬間、ここ最近の記憶が脳裏に蘇ってきた。

――そうだった。言われてみれば確かに。

小姓に変装して、人前であれこれアスィールに指図したし。

調子に乗って、おおぜいの前でハーリスを打ち負かしもした。

イェニチェリをまとめるために、率先して人々の関心を引いたっけ。

「なんてこと」

――なんか、私ってばめちゃくちゃ目立ってない⁉　無駄に活躍してない⁉

「あらゆる騒動を主導していたのはお前だからな。懐刀と讃えられても仕方あるまい」

アスィールが意地悪く笑う。どこまでも愉快そうに続けた。

「世間からすれば、俺はお前がいてようやく一人前らしい。ここでお前に去られたら、俺の評価がどうなるか……。わかるよな？」

だから、自分の側にいろと笑う。

「何度も言うがな。苦労はさせるが後悔はさせない」

機嫌がいい時の猫みたいに目を細めて、私の指先に唇を寄せた。

「ライラー。観念して俺に惚れたらいい」

「……‼」

さあっと血の気が引いていく。

──私ってば、また自分で自分の外堀を埋めてた⁉

「いやあああ！　なんでこうなるのよ‼」

「アッハッハ。そのうち、お前がいないと国が回らなくなるかもしれんな」

「そんな国は滅べばよろしい‼」

「ひどいな。俺の国なのに」

嫌だ、無理だと拒否をするが、アスィールはからから笑うだけで取り合ってくれない。

故郷に帰るためにハレムに入ったのに、どんどん身動きが取れなくなる。

なんで。どうして。自分の愚かさを恨みつつも――ハレムでの改革を実現させ、イェニチェリを掌握するための一歩を踏み出せた現実に安堵している自分もいて。

――後悔はしていないのよね。厄介だわ。

うっかり暴走しがちな自分が恨めしい。

――いつか故郷に帰る。それはぜったいなのに！

現状にやり甲斐と居心地のよさを感じてもいて、頭を抱えたくなったのだった。

この作品はフィクションです。
実在の人物や団体などとは関係ありません。

参考

『論語　ビギナーズ・クラシックス　中国の古典』
加地伸行　著、二〇〇四年十月、ＫＡＤＯＫＡＷＡ

『平家物語　ビギナーズ・クラシックス　日本の古典』
角川書店編、二〇〇一年九月、ＫＡＤＯＫＡＷＡ

# あとがき

「アラベスク後宮の和国姫」二巻をお読みいただき、ありがとうございます。忍丸です。

無事に続刊できたこと、本当に嬉しく思っています。一巻刊行時は温かい感想をたくさんいただきました。中華後宮ものが市場の大半を占める中、アラブ後宮の物語がどこまで受け入れてもらえるのか不安だったのですが、ホッとしています。こうして物語の続きをお送りできたのは、すべて読者の皆様の応援のおかげです。感謝しております。

というわけで、今巻もいかがでしたでしょうか〜。一巻とは違う展開でありつつも、相変わらずライラーが突っ走っております。前半はライラーの活躍、後半ではアスィールの成長を描けたかなあと思っています。

正直、ライラーの活躍に比べて、まだまだ〝ヒーロー〟というより〝ヒロイン〟なアスィールですが、ようやく一歩踏み出せたかなという感じです。皇帝という殺伐とした地位にあって、なにが自分の命を脅かすかわからない状況で、ライラーと出会えたアスィールはとても幸運なのではないかと思います。ともかく、彼には〝ヒーロー〟の地位を確固たるものにしていただきたく、これからも頑張ってほしいところです。いまのままじゃ、まだまだ〝ヒロイン〟なのでね……。目指せ、ライラーもタジタジになるレベルのスパダリ！　な感じです。ライラーに壁ドンを二回されてしまっている彼ですが、いつかやり返す機会はあるのでしょうか。それも三回目の壁ドンをされてしまうのか……相撲への誤解はどこまで広がるのか……一巻につき一壁ドンにするべきなのか……未来は作者にすらわかりませんが、基本的にコメディ展開大好き人間なので、どうなることやら。

そして、今巻もたくさんの方々に手助けしていただきました。

今巻から新しい担当様へ変更となりました！　前担当様からの引き継ぎ等々……本当に大変だったと思うのですが、さまざまな面で支えていただきました。ありがとうございます。ご迷惑をおかけするかもしれませんが、これからもよろしくお願いします。

カズアキ様！　二巻も本当に素晴らしい表紙を描いていただいて、感謝の念に堪えません。多彩な色遣いが素敵すぎて！　槍(やり)の飾り布とアスィールのターバンの色が一緒で、ドキリとしてしまいました。本当に美人なライラーをありがとうございます！

その他、この本の刊行に携わっていただいたすべての方、そして支えてくれた家族に感謝を。また出会えることを心から祈っています。

初雪の報(しら)せが届いた頃に　忍丸

お便りはこちらまで

〒一〇二―八一七七
富士見L文庫編集部　気付
忍丸（様）宛
カズアキ（様）宛

富士見L文庫

# アラベスク後宮の和国姫２

忍丸

2024年１月15日　初版発行

発行者　山下直久
発　行　株式会社 KADOKAWA
〒102-8177　東京都千代田区富士見2-13-3
電話　0570-002-301（ナビダイヤル）

印刷所　株式会社暁印刷
製本所　本間製本株式会社
装丁者　西村弘美



●お問い合わせ
https://www.kadokawa.co.jp/（「お問い合わせ」へお進みください）
※内容によっては、お答えできない場合があります。
※サポートは日本国内のみとさせていただきます。
※ Japanese text only

ISBN 978-4-04-075214-3 C0193

# 花咲くキッチン

## 再会には薬膳スープと桜を添えて

著／忍丸　イラスト／沙月

**再会から始まる――**
**幼なじみとの、おいしい恋と秘密。**

仕事が大好きで有能な百花。でもお家では華やかさ0!　食事はコンビニ、ジャージが普段着。その姿で、美青年となった幼馴染と運命的に再会。
彼の店の試食係に任命された百花は、彼の深い愛と向き合うことになり――？

富士見L文庫

# 紅霞後宮物語

著／雪村花菜　イラスト／桐矢 隆

**これは、30歳過ぎで入宮することになった「型破り」な皇后の後宮物語**

女性ながら最強の軍人として名を馳せていた小玉。だが、何の因果か、30歳を過ぎても独身だった彼女が皇后に選ばれ、女の嫉妬と欲望渦巻く後宮「紅霞宮」に入ることになり——!?　第二回ラノベ文芸賞金賞受賞作。

【シリーズ既刊】1～14巻【外伝】第零幕1～6巻【短編集】中

富士見L文庫